# 残業禁止

荒木 源

角川文庫
21805

# 1

朝の冷え込みが強く残るまだ八時きっかり、鉄柱の天辺《てっぺん》のスピーカーから割れた音でラジオ体操の音楽が流れ出した。

地下から地上へ建ち上がりつつある軀体《くたい》と、プレハブ棟のあいだの広場に集まった百人近い職人たち、そして現場監督たちが音楽に合わせて身体を動かす。

「腕を身体の前で交差させて、元気よく！　イチ、ニッ、イチ、ニッ」

もっとも全員が一心不乱にといかないのはやむを得ない。ここ「チェリーホテル・横浜《よこはま》ベイサイド」新築工事現場の責任者たる成瀬《なるせ》和正《かずまさ》も、立場上おざなりさを見せこそしなかったが、頭の中ではこの時間に少しでも作業をしたほうがいいんだがなあ、などと思っている。

体操が終わると、職人たちは鳶《とび》、鉄筋工、型枠大工といった職種ごとに整列した。赤いヘルメットをかぶって先頭に立っているのが職長である。

トランスメガホンを手にその前へ進んだのは朝礼当番に当たっている砂場良智《すなばよしとも》だった。現場監督の中で一番若い。

「みなさん、おはようございます！」

声を張り上げ、砂場は今日の作業内容や注意事項を説明してゆく。

「二階の柱建て込みが始まります。鉄筋がE工区の壁、型枠はB工区で柱ですね。九時に鉄骨が来ますから通路を空けて下さい。十時までそれ以外の搬入は禁止です。搬入関連で、いつも言ってることですが念のため。誘導員を必ずつけて下さい！　接触等、絶対ないようにお願いします」

こちらも、特に後ろのほうの職人はあまり聴いていない。空を見上げたり下を向いたり、早く終われと思っているのが手に取るように分かる。

砂場の話が済むと、職人たちは二人一組になって、「ヘルメット、あご紐《ひも》よし」「作業服、破れなし」「安全帯よし」「安全靴よし」と互いの装備をチェックする。最後は全員で「ご安全に！」の唱和が決まり事だ。大半はもぐもぐ口を動かしているだけだけれども。

職人たちにとって本当に意味があるのは、全体朝礼のあと職種ごとに開かれるミーティングである。そこで職長や担当の現場監督から作業の細かい段取りを聞く時、彼らの表情は掛け値なしに真剣だ。必要ならメモさえとって、それぞれの持ち場に散ってゆく。

成瀬はいつものように、現場全体を小一時間かけてざっと見回ってからプレハブ二階の事務所に戻った。

パート事務員の近藤治美《こんどうはるみ》がコーヒーを出してくれた。二十世紀的かもしれないけれど、今のところ近藤本人を含め、誰からも苦情は来ていないから大丈夫と思っている。パソコンを立ち上げてメールに目を通し始める。部下たちはまだ外だ。作業に立ち会っているのだろう。

成瀬以下の現場監督は、工事を受注した元請けゼネコン、ヤマジュウ建設の社員である。

ゼネコンに自前の職人はおらず、実際の作業は専門職種ごとに分かれたサブコンが行う。かつては「下請け」と呼ばれ、このごろ「協力会社」に変わったけれども中身は同じで、場合によってはサブコンからさらに小規模な会社に分割した仕事が回される。職種も細かく分ければ両手で足りない。つまり現場には、多数の組織に属する人間が入り乱れる。

そんな職人たちを動かして工事を進める、「施工管理」を担うのが現場監督だ。大学で建築や土木を学んだ者が大半だが、指示を出しておしまいではない。自らヘルメットをかぶって現場を周り、指示通りに作業が行われているか目を光らせる。

現場事務所長の成瀬はそのトップということになる。地上十五階地下二階建てのチェリーホテル・横浜ベイサイドは、総工費も二十億円超えとヤマジュウでは最高クラスだが、そう変わらない規模の工事ですでに所長を経験している。今年四十六歳、ゼネコンの技術者として脂が乗り切った時期といっていいだろう。

鉄筋屋のイワキコーポレーションから先月分の出来高請求書が上がってきていた。成瀬は今見てきた現場の状況を思い返しつつ施工報告書と照らし合わせた。

「これ頼む」

問題なしと判断して近藤に支払いを指示する。所長の仕事の多くは金に関することである。協力会社への支払いだけでなく、当然資材を仕入れなければならないし、クレーンなど建機のレンタルも相当な額になる。工法、手順の無駄を省き、利益を確保するのが腕の見せ所だ。

幸いなことに、金勘定のベースになる請負額は数字が見込める状況が続いている。リーマンショック直後はひどいものだった。新築はおろか改修も目を覆うほど発注が減り、たまにあってもライバルゼネコンとの叩《たた》き合いになった。「これでどうやったら赤字出さずに済むんだよ」と、叫びたくなる契約ばかりだったのだ。

変わったのはやはり五、六年前からだろう。デフレは解消していないらしいし、生活が豊かになったとも思わないが、仕事に関しては間違いなく活気づいた。

特に東京オリンピックの開催が決まってからは、大型案件がぽんぽん出てきた。伝説の「バブル景気」を彷彿《ほうふつ》させるなんて、年寄り連中が懐かしそうに話している。

とはいえ何もかもうまくいっているわけではない。一番の問題は騒がれている通りの人手不足だろう。

危険、キツイ、汚いの3K仕事に進んで入ってくる若者など、とっくに絶滅危惧種《きぐしゅ》である。新規供給がないから数は減り高齢化も進む。そこに仕事が殺到すればどうなるかは明らかだ。

それでも職人の不足には光も見える。外国人労働者の本格的な受け入れに政府が舵《かじ》を切ったからだ。比べてどうなりそうにもないのがこちらだ——。

部下たちがぽつりぽつりと事務所に戻ってきた。十時には副所長の大田久典《おおたひさのり》、浅田《あさだ》しのぶ、熊川健太《くまかわけんた》、そして砂場と全員が揃った。職人は午前十時と午後三時に三十分ずつ休憩する。その間は立ち会う作業そのものがなくなるのだ。

しかし現場監督たちはみんな、時間を惜しむようにデスクに向かう。

「どうぞ」

一人一人の席に、好みに合わせてコーヒー、紅茶、緑茶を近藤が持ってゆく。

「ありがとう」

短く言葉を返すだけで、パソコンの画面から顔を上げようとしない。ひどいのは無言だ。

職人の休憩が終わるとまた出ていった者もいたが、今度は短時間だった。毎日十一時からは、現場監督とサブコンの職長が集まって、事務所隣の会議室で打ち合わせをすることになっている。

例えば年が明けて始まった低層階の躯体工事では、まず鳶が鉄骨を建て込み、足場を吊《つ》ったら、溶接工やボルト本締め工が鉄骨をつなぎ合わせる。デッキプレートを敷き、一階分ずつ鉄筋を配置して型枠で覆ってはコンクリートを流し込む手順を繰り返す。それぞれを担当するのがデッキ工、鉄筋工、型枠大工、コンクリート圧送工や土工、左官だ。

前の工程が終わっていなければ、後の工程を担当する職人は仕事にならないが、順番に進めるのではとんでもなく時間がかかるため、工区を分け、なるべく並行して作業できるよう調整するのが打ち合わせの目的だ。

仕切り役は全体工程表の作成を受け持つ大田。このところ頭のてっぺんが寂しくなってきたせいで老けて見えるが、成瀬より五つ年下である。

「イワキさん、来週は人が出せるって言ってたんだよね」

大田が鉄筋工の職長である荻野《おぎの》正男《まさお》を見た。

「そうすね。その気になったら二十人くらい増やせるかな」

「だから、一階の残ってる梁《はり》をできるだけ早く渡して鉄筋作業の準備をしたいんだけど――」

梁になる鉄骨をクレーンで運ぶ時、作業員がいる工区の上を通すわけにはいかない。

大田の視線は次に山本修一《やまもとしゅういち》に向けられた。今一階に陣取っている型枠大工の職長だ。

「そんなにすぐには終わらないよ」

「クレーンの場所変えたらなんとかならないかな」

現段階で使われているのは、キャタピラ付きクローラークレーンである。しかし鳶《とび》の職長、松岡隆《まつおかたかし》も「無理」とそっけなかった。

「どこ持ってっても多少は引っかかるね」

「そうか。もったいないんだけどなあ」

大田は落胆と未練をにじませながら「じゃあイワキさんの増員はなしにして」と言いかけた。

「鉄筋を先組みしてもらうことはできませんか」

口を挟んだのは、鉄骨工事担当の浅田だった。梁に地上で鉄筋を組みつけてしまったらというわけだ。鉄筋工もずっと作業がしやすくなる。しかし大田が採用しなかったのにはわけがあった。

「作業スペースがないだろ」

「今朝は仮置きヤード一杯まで鉄骨を入れましたけど、次から小分けしてもらったら三分の一くらい空けられると思います」

大田はその手があったかという表情になった。

「それなら大丈夫だよ」

鉄筋関係の作業をメインで担当している熊川が応じ荻野もうなずいた。

「毎日必要な分が遅れないなら構わない」

松岡が承諾するのを待って成瀬は「それで行こう」と話をまとめた。

話し合われたすべての問題がきれいに解決したわけではなかったけれど、ともかく決めることをなんとか決めて打ち合わせは終わった。

いくらもしないうち、正午を知らせるサイレンが鳴った。事務所には成瀬、近藤のほか、工程表の修正に取り組む大田と、搬入の段取り変更を電話で交渉している浅田がいた。

「飯、行くか」

成瀬はまず大田に声をかけたが、「もうちょっとやっときたいんで」と断られた。

「カップ麵《めん》ばっかりじゃ身体壊すぞ」

「気をつけます」

浅田はと見ると、交渉に手間取っているのか受話器を置く気配がない。近藤は弁当なので成瀬は一人で外に出た。

　どこにしようか考える。山下《やました》公園と中華街のほぼ真ん中という、横浜の中でも特に華やかな土地柄だから店はいくらでもあるが、一人では気分が乗らなかった。何より成瀬のやるべきことも山積みだ。

　向きを変えてコンビニを目指す。中に入るとチェリーホテルの現場から来たのだろう職人たちが弁当を選んだりレジに並んだりしていた。向こうも成瀬に気づいて目くばせを交わし合うが、職長でもなければ顔を知っているだけだから挨拶《あいさつ》まではしてこない。

　成瀬も鶏飯弁当を買ってそそくさとコンビニを後にした。ゲートをくぐり、プレハブ一階の職人休憩室が賑《にぎ》わっているのを眺めて二階へ上がる。

　今更ながら浅田の弁当も買ってやればよかったかなと考えた。いや、必要だったか分からないし。一方で、結局彼女もコンビニ弁当になったら、自分が薄情者みたいだなんて心配もしてしまう。

　部屋に浅田の姿はなかった。成瀬は気になって「飯、食いに行ったみたいだったか。買ってくるってか」と、カップ麺をパソコンの脇に置いて仕事を続けている大田に訊《たず》ねた。

「あいつ、東メタさんに呼ばれちゃいました」

大田が口にした「東メタ」、東洋《とうよう》メタルは、鉄骨の制作工場である。

「えっ。搬入を分けるくらい電話で済まなかったのか」

「それはすぐ話がついたみたいですけどね。タワークレーン用の補強の話だったかな。向こうからすると、いいところに電話がかかってきたんでしょう」

気の毒だがどうしようもなかった。浅田だけではない。打ち合わせのあと出ていったきりという熊川や砂場もきちんと飯にありつけている保証はない。職人がいないあいだのほうが、出来栄えの検査などははかどらせやすいのだ。

午後も状況は変わらない。職長との打ち合わせ以外にも会議はあるし、本社から人が来ての講習会、勉強会などが入ればもっと時間を奪われる。この日は幸い何もなかったが、予定外の出張をしてしまった浅田は、そのあと事務所に入ってくるのも出ていくのも、小走りになっているように見えた。

五時、終業サイレンが鳴った。職人たちは四時半から片付けを始めていて、サイレンとともに帰ってゆく。

だが現場監督にとってはここまでが第一部みたいなものだ。昼間は昼間しかできない仕事を優先せざるを得ない。それ以外のデスクワークが大量に積み残されている。

工程表作り。さまざまな資材、人員の必要量を計算する、業界用語で「数字を拾う」といわれる作業。施工図の準備。職人は設計図だけでは作業できない。具体的にどんな部材をどう組み合わせるか、「納まり」が分かる施工図を別に描く。外注もするがチェックは必要だ。

施主や社内の管理部門、役所向けにも膨大な書類が必要になる。

施工報告書は、まず添付する写真の量がとんでもない。要求するほうも絶対全部は見ていないと思う。しかしトラブルがあった時火の粉をかぶらないよう、用心は怠れない。昼間から撮影に手間を取られ、夜はその整理だけですぐ一、二時間過ぎてしまう。ほかにも各種の検査報告書、資材搬入報告書、打ち合わせ記録、職人たちの出入り記録などなどがある。

深夜、時によっては日付の変わった後まで居残るのが現場監督の常態だった。長く週休一日だった現場作業そのものは、このごろ隔週の土日休みくらいにまでなってきたが、現場監督に限って言えばその半分も休めればいいほうだ。

この工事のために態勢が組まれた段階から、成瀬は本社へ増員を願い出ていた。さらにいえば前の現場、前の前の現場、所長をやるようになって以来ずっとそうだったが、かなえられたためしはない。

どんどん出てくる案件を会社は片端から受注する。抑えればよさそうなものだが、今みたいな状況がいつまで続くか分からない。オリンピック後に需要が激減するだろうと囁《ささや》かれているし、消費税も上がる。稼げるうちに稼がねばならない。社員を増やすことも同じ理由で二の足を踏まれる。

しょうがない、しばらく歯を食いしばるしかない。ため息をつきつつ、目薬でもさしてパソコンなり紙なりに立ち向かう。それがサラリーマンというものだ。そんなに昔ではない。なんてことで済んでたころもあったよな、と成瀬は考える。

五年前、いや三年前だって、長いあいだ続けてきた働き方はちょっとやそっとじゃ変えられないとほとんどの人間は思っていた。

今は話がややこしくなった。

「砂場」

カメラのデータをパソコンに移し、使うものを選ぶ作業に没頭している砂場に成瀬は言った。

「もうじきイエローカードが来る時分かな」

「かもしれませんね」

「気をつけてくれよな。申し訳ないんだけど」

「分かってますって」

面倒くさそうにこちらを向いて砂場が答え、またパソコンに戻る。

月の下旬、早い時は中旬の終わりくらいになると、成瀬のところに労務部からメールが届き始める。今月は正月休みがあったが、さていつまで持ちこたえるか。

何となく砂場に声をかけたが、誰でもよかったのである。砂場、浅田、大田には共通の話で、メールの文面も固有名詞を除けばまったく同じだ。

〈チェリーホテル・横浜ベイサイド新築現場工事事務所に配属されている○○さんの勤務状況についてお知らせします。○○さんの今月の残業時間が九十時間に達しました。労使協定により、残業は月百時間までとなっています。なお厚生労働省は、一カ月あたり八十時間を超える残業が過労死につながる怖れがあるという見解を示しています。貴職におかれましては、○○さんの健康のため、残業時間をさらに減らすべく配慮されますようお願いします。〉

本人にも同趣旨のメールが来る。一昨年から始まったシステムだ。

同時に、青天井でつけてよかった残業が百時間までしか認められなくなった。申告しても残業代は出ないばかりかマイナス考課になり、管理職の責任も問われる。

残業時間に関する労使協定は、労働基準法第36条に規定されていることから36（サブロク）協定と呼ばれる。ヤマジュウ建設にはそれまで、36協定そのものがなかった。

上場企業が違法行為をしていたわけだが、珍しくもない話だった。

厚生労働省も基本的には放置していた。時々過労死が報道されるなどして一時的に騒ぎになっても、しゃかりきに残業規制に乗り出しはしなかった。

様子が違ってきたのは四年前、超大手広告代理店に勤めていた東大卒の女性新入社員が、仕事の忙しさを苦に自殺してからだ。

ちょうど政府は、専門性の高い研究者など一部の職種について残業規制を緩めようとしていた。そちらを進めるために、ほかの職種には逆に厳しくしてみせなければならなかったのではないか。

ワークライフバランスだとか男の家事参加だとか、ひいては少子化対策につながるなんて話までもっともらしく持ち出されたけれど、一番の理由ではないように成瀬は思っている。

いずれにしても、残業規制の一部緩和と厳格化をセットにした「働き方改革」が急激に押し進められた。

成瀬も勉強せざるを得なくなってやっと知ったのだけれど、これまでの規制が抜け道だらけだったのは確かだ。協定を結ぶとしても、繁忙期の例外規定などを使えば事実上残業の上限はなかった。去年成立し、この四月に施行された新しい労働基準法では、そこに月平均八十時間以内、最大でも百時間未満という縛りがかかったのだから、まさに大改革と言っていい。

しかも役所は、法律が整うはるか前から企業への締め付けを強めた。建設業は適用まで五年の猶予も設けられたのだが、役所の顔色を窺《うかが》う業界団体が自主規制を打ち出し、ヤマジュウも格好をつけないわけにいかなくなった。

しかし月百時間なんて、休日出勤だけですぐ天井が見えてしまう。百二、三十が当たり前で、このごろでは百五十、二百のこともあった。「配慮」と言われていったいどうすればいいのか。

会社だって分からないからこんな書き方になるのだろう。管理職が集められることもしょっちゅうだが、聴かされるのは「業務の効率化、合理化」みたいなお題目ばかりでまるで参考にならない。仕事を減らせないなら働くしかない。所長連中はみんなそう思っている。部下たちも同じだと思う。現場が回らなくなったら真っ先に突き上げられるのは彼らなのだ。

結局できるのは、「百時間以上は残業をつけないでくれ」と部下に頼むことだけだ。彼らもどうにもならないのは分かってくれている。それでもタダ働きを命じるのは心が痛む。

蛍光灯に白々と照らされた事務室は、深い海の底にいるような錯覚を起こさせる。静けさの中、時間だけが容赦なく流れてゆく。

一日中吹いていた風が窓を軽く揺らした。成瀬が外に目をやると、仮囲いの上に伸びるビル群の電気ももうところどころしか残っていなかった。パソコン画面の右下に表示された数字を見る。九時半を回っていた。

「今日はこんなところにしとこう」

成瀬は声に出して言った。

「ちょっとだけそのへん行こうや」

「いいですね」

どんよりした表情に生気をよみがえらせて応じたのは大田である。所長が言いだすのを待っていたのかも知れない。

「あと五分できりつけますから」

OK、とつぶやいて成瀬は浅田、砂場に「君らもどうだ」と水を向けた。

「ご免なさい。私はまだしばらくかかりそうです」

「自分も――」

「働き者だなあ」

成瀬はおどけた口調で返した。今時飲みの強要など流行《はや》らない。下手をすればパワハラと騒がれる。ありがたいことに浅田も砂場もそういうタイプではないが、掛け値なしで余裕がないのだろう。

八分後に、大田の準備ができた。

「じゃあな。適当に切り上げろよ」

言い残して成瀬たちが向かったのは、大通り沿いのチェーン居酒屋だった。これまでに何度か来ている。

成瀬は十五年ほど前にもこの近くの現場で働いたことがあり、馴染《なじ》みだった串焼《くしや》き屋を再訪するのを楽しみにしていたら、残念ながら店がもうなかった。チェーン居酒屋は取り立てて何かがいいわけでもないけれど、値段を含めて安心なので「あそこにしとこうか」となってしまう。知らない店を開拓するエネルギーが薄れているのだろう。そんなところにも歳は出る。

店の混雑は明らかにピークを過ぎていて、サラリーマンより若者グループが目立った。注文を取りにきた店員に、成瀬は「生」と告げた。大田も揃えるかと思ったら少し考えて焼酎《しょうちゅう》のお湯割りを頼んだ。

「歩いてるうちに冷えちゃって」

弁解するように大田は言った。

「風邪ひくなよ。疲れてると抵抗力が落ちるからな」

ジョッキを湯気の上がるグラスと軽く触れ合わせる。アルコールが身体にしみわたった。

「もうじきタワークレーン入りますね」

しばらく呆《ほう》けたような表情をしていた大田がふいに口を開いた。

二階までは鉄骨の建て込みもクローラークレーンでやってきたが、工法が変わる三階からは躯体《くたい》に取り付けたタワークレーンを上昇させながら進めることになる。

「タワークレーン入れると、これで最後まで建つことは建ちそうだなって思えますよね」

「建ち切らなかった経験なんてあるの？」

ちょっと驚いた成瀬に訊《たず》ねられて、大田は「いやいや」と首を振った。

「そういうわけじゃないですけど——何回やっても不思議じゃないですか。何もないところにあんなでっかいものがいつの間にやら出来ちゃうんですから」

「いつの間にやらって」

成瀬は笑った。

「俺たちがいろいろやってるんじゃないか。どえらい苦労して」

「そこが信じられないんですよ。俺なんかにどうしてできたんだろうって。最初のうちはどこか冗談ぽく感じてるところがあって、やっと腑《ふ》に落ちてくるのがタワークレーン入れるころからだっていう」

「面白いこと考えるんだな。俺はそこまでタワークレーンに思い入れないわ」

成瀬はお通しのマカロニサラダを口に運んだ。六時ごろにみんなで出前を取ったが、頭を使うからかまた腹が減っていた。メニューを睨《にら》んで煮込みと軟骨揚げを選び、生のおかわりと一緒に注文する。

「浅田、ほんといいですよね」

またしても唐突な大田のつぶやきだったが、今度は成瀬も大きくうなずいた。

「アイデアが出るし、それを実現させる馬力もある」

「このごろの女は優秀なんですよね。大分前からか」

言って大田は「現場に残る覚悟があるくらいの女はってことでしょうけどね」と補足した。

確かにそうだろう。人手不足もあり業界は女性の受け入れに力を入れている。「けんせつ小町」という呼び名を浸透させようと躍起だし、実際サブコン、ゼネコンとも門を叩《たた》く女性が増えたが、現場監督を続けるのは特にハードルが高い。結婚はともかく、子供ができれば設計もしくは管理部門に配置換えが普通だ。辞めるケースも少なくない。

「勿体《もったい》ない気もしなくはないですけど」

「仕事がやっと分かってくる時分だからな」

大田は一瞬けげんな顔をした後、にやっとした。

「俺が言ったのは、浅田も結構いい女なのにってことですよ。俺の同期にも告ったのがいましたね。十年くらい前らしいですけど。堅いのかな。よっぽどレベル高い男だったらなびくのか」

「セクハラだぞ」

「本人の前じゃこんな話しませんよ」

「何にしても、浅田がいてくれて感謝、感謝だ」

話の方向を変えようと成瀬はそう言ったのだが、大田が次にまな板に載せたのはもう一つのデリケートな問題だった。

「浅田にひきかえ、ですよね。まったくケンタ君にゃ困ったもんだ。名前だけはマッチョっぽいから笑っちゃいますよ」

確かに「熊川健太」の名前は、顎《あご》が細くて神経質そうな容貌《ようぼう》とマッチしているとは言いがたい。しかし大田が熊川をあげつらうのは、もちろん容貌のせいではない。

熊川は、労務部のイエローカードを受けたことがない。毎日、五時十分きっかりに帰るからだ。今日も終業のサイレンが鳴った突端《とたん》、熊川はチェック中の施工図をまだ十枚以上ありそうな未チェック分に重ねて揃えた。

「やっときます」

熊川の担当分野の多くにサブとしてついている砂場が手を出すのもいつものことだ。そもそものために砂場をつけている。

「ありがとう」

礼を述べる熊川は少し表情を硬くしているようでもある。それでも黙ってロッカーに向かい、鞄《かばん》をつかんで事務所を出てゆく。

保育園の迎えだそうだ。三十四歳、結婚して四年目という熊川だが、子供ができたのは一年ちょっと前で、この現場が始まる直前に妻が仕事に復帰した。勤務地も自宅から一時間以内という希望を通してここに来たのだが、保育園の延長保育が六時までしかなく、どうしても五時十分に出ないといけないらしい。

妻のほうは映画会社の広報で夜の試写会なども多いというのが熊川の説明だった。イクメンが称揚される世の中、反論は難しいがもやもやは残る。仲間が青息吐息なのに一人「お先に」なんて、自分の若いころだったら殴られただろう。

時代の変化は変化として、成瀬には自分の感覚が事務所内で浮いていない自信があった。同じ世代といっていい大田はもちろん、砂場も平静を装いながらかなり頭に来ている。帰ってゆく熊川の後ろ姿に小さく舌打ちしているのが前に聞こえた。一番の被害者だから当たり前だ。

浅田は「しょうがないですよ」と一応擁護してみせる。保育園の話などがからむと、女として理解を示さないといけないところもあるだろう。しかし浅田が「こちら側」なのは働き方を見れば分かる。事務所で一番の長時間ワーカーは間違いなく彼女だ。かつ手抜きのない仕事ぶりは時に古風にさえ見える。大田からだけでなく、絶賛される所以《ゆえん》である。

「所長だって、熊川には腹立ててるんでしょ」

「喜んじゃいないが」

仕方なく認めつつ成瀬は「文句言えないだろ」と釘《くぎ》を刺した。

「給料もその分少ないんだし」

大田を余計に刺激してしまったが後の祭りだった。

「少ないたって、あいつは働いた分全部貰《もら》ってるじゃないですか」

大田の口調が怒気を帯びる。

「所長に隠してもしょうがないからはっきり言いますけど、手取りで四万近く減りましたもん。昇給してるのに、ですよ。子供の塾やめさせようかって本気で考えました」

大田の子供は上が九歳で、成瀬の下の子と同じだ。金がかかる事情はよく分かる。

「お前も早く管理職になるしかないな」

「そのころにはサービス残業が徹底的に取り締まられるんじゃないですか。穴埋めは全部管理職ですよ。所長が毎日現場泊まり込みで施工図チェックとか。ぞっとしませんか」

見事な、というのもやるせないが的確な逆襲だった。成瀬自身恐れていることだ。業界によってはすでに管理職地獄が始まっているらしい。

「明るい未来はないってことか」

ふざけた調子を出そうとしたが、成瀬の声も陰りから逃れられなかった。急に酔いが回ってきた。大田も一杯目のお湯割りを飲みきっていないのに顔が真っ赤だ。

「ぼちぼち帰るか」

まだ大丈夫ですよとつぶやく大田を強いて、成瀬はささやか過ぎる宴《うたげ》を切り上げた。勘定は成瀬が持った。大田は一応抵抗したが、短いやりとりのあと「ごちそうになります」と頭を下げた。

地下からの階段の途中で、冷え込みを強めた風が吹き付けてきた。大田は、首をすくめた拍子にか足を踏み外してよろけた。

「かなりきてるな」

「そうすね」

素直に認めた大田は地下鉄に乗るので、ＪＲを使う成瀬と店の前で別れた。

「気つけてな」

歩き出した後ろ姿に声をかけると、大田はくるりと振り返って「大丈夫す」とやけのような声で返事をし、また遠ざかっていった。

## 2

翌週の冷え込みはいっそう厳しくなった。大寒だから当たり前ではある。寒いだけなら我慢すればいいが気がかりがあった。低気圧が近づいている。

成瀬和正はその日、事務所に寝袋を持ち込んだ。ろくでもない予報に限ってよく当たるもので、夜十時ごろから雪が舞い始めた。熊川以外の事務所員はみな残っていたが、追い立てて帰した。これは所長だけの仕事だ。

一時間ほどで窓の外は真っ白になった。足場にも着雪している。

明日は無理か――。

昨年三月に古い建物を解体し始めてから、地盤の崩れを防ぐ山留め工事、基礎杭《くい》打ち、掘削、躯体《くたい》と、地下水が思ったより多くて慌てさせられたりしたものの、なんとか予定を大きく外れず進めてきた。しかし竣工《しゅんこう》まではまだ遠く、十月の引き渡しに向けて余裕などない。

とはいえどうしようもないので、成瀬は思い切りよくすぐに作業中止を部下たちにメールした。協力会社には彼らから連絡がいく。寝袋とセットにしているポケット瓶のウイスキーを胃に流し込み、さっさと寝た。

明け方に目覚めると雪は止んでいたが、積もった深さが二十センチ近かった。一階に下りて外に出ようとしたらドアが重い。前に雪が吹きだまっていた。スコップほか道具には困らないが、あたりを歩けるようにするだけでひと仕事で、すぐ汗だくになった。

成瀬は、自分が帰るために雪かきをしたのではない。事務所で一服していると、すぐに浅田しのぶが現れた。彼女も通勤の時は普通のＯＬと変わらぬ格好で、今日はきりっとしたトレンチコート姿だけれど、足元は長靴でがっちり固めている。

「遅くてよかったのに」

浅田の自宅は東京でも東北部の浅草橋《あさくさばし》にある。事務所員中二番目の遠さだ。

「電車が思ったより普通に走ってたんですよ」

浅田は「済みません、所長に肉体労働させちゃって」と恐縮もしてくれた。

それからも、いつもより一、二時間遅れてではあるが、部下たちが出勤してきた。デスクワークに専念できるチャンスだし、作業が中止になったせいで発生する仕事もある。例によっての各種報告書、工程表も修正しなくてはならない。

言うまでもないけれど、職人たちだって雪はまったく嬉《うれ》しくない。休みは即、収入減を意味するからだ。

ネットニュースによると、休講になった大学生が喜びのツイートをしたのが炎上しているらしい。成瀬は腹を立てる気にもならなかった。馬鹿な若者も社会に出ればすぐ分かるだろう。

早く融《と》けてほしいが、空は厚い雲に覆われたままだ。昼近くなっても陽が射してこない。

「最高気温、六度とか言ってますよ」

同じことを考えていたのだろう、大田久典が苛立《いらだ》たし気に話しかけてきた。

「半端に融けて夜中にまた凍ったりすると最悪なんですよね」

大田はぼやき続ける。

「温暖化なのに何でですかね。雪もよく降りますよね。災害が続くわけだ。地震、そろそろこのへんにも来るんじゃないですか。温暖化とはさすがに関係ないか。いや、俺たちにはよく分からないところでつながってるのかもしれませんよ」

悪い予想は本当によく当たる。地震が起きなかっただけ幸いだったかもしれない。この雪では結局、丸三日が潰《つぶ》れた。

また、悪いことが重なるというのも真実らしかった。

通常だと週二、三回、設計事務所のスタッフが現場を訪れる。主な目的は設計図通りに施工されているかチェックすることだ。

その日は珍しく設計者の武井《たけい》慶人《よしと》本人も来たが、雪の見舞いくらいに成瀬は考えていた。実際、事務所で向き合った武井は雪の話を始め、そのあとも他愛ない話題を続けたので、早く仕事に戻りたいなと思ったくらいだった。

しかし武井の目くばせでスタッフがやにわに図面を取り出し、成瀬は自分の甘さを恥じた。

「会長の指示らしくってさ」

クリエイターであることを強調したいのだろう、盛大に蓄えた髭《ひげ》のせいで表情が分かりにくい武井は、何でもないことのような口調で切り出した。

一定ランク以上のホテルでは必須《ひっす》の施設になりつつあるフィットネスルームだが、予定になかったジャグジーも入れることにしたという。

「変更はしないにこしたことないですよって、私も言ったんだけどね」

だったらその段階からウチも話に入れてくれよ。もう図面まで引いてるって、ウチの都合を聞くつもりなんかハナからなかっただろ。

喉《のど》まで出かかるが我慢する。施主との窓口役を独占したがるのは設計屋の本能だ。無理に突っ込むと全面戦争になってしまう。

それにしてもジャグジーとは穏やかでない。恐る恐る図面に目をやって成瀬は絶望的な気分になった。

「ほとんど大浴場じゃないですか」

デカい。水がたっぷり入る、ということはそれだけ重さを考慮しなくてはいけない。排水ほかの設備もスペースをとる。

「これくらいはないとって、会長が言うんだって。ドバイで見たんだとさ」

施主である「チェリーホテルズ」の会長に対抗心を燃やさせたのは、世界の金持ちが集まるドバイでも豪華さで知られたホテルらしかった。

言い訳のように武井は「追加の見積もりはきっちり出してもらっていいよ」と付け加えた。当たり前だ。問題は工期である。

成瀬は十月いっぱいとなっている引き渡し期限をできればひと月、最低でも二週間延ばしてほしいと主張した。

施主の事情にも十分配慮したつもりだった。チェリーホテルズが首都圏に新しい施設を造るのは、言うまでもなく東京オリンピックがらみの需要を見込んでのことだ。

しかし二〇二〇年七月に間に合えばいいわけではない。その前のゴールデンウィーク、年末年始から稼げるなら稼ぎたい。本番に向けた試運転にもなる。そんな思惑を含んでの十月引き渡しなのだ。開業に向けた準備はばたばたになるだろうが、半月なら許容範囲と計算した。

武井だって理解しなかったはずはない。しかし返事は曖昧《あいまい》だった。

「ヤマジュウさんはそうご希望ってことでね」

「じゃないと無理ですって。はっきり伝えて下さい」

「職人の賃金割り増してもだめ？」

「三割増しでもどうでしょうね。仮に集まったってウチがパンクします」

「頑張ってもらってるのはようく分かってますよ。でもまだ十カ月あるんだから。ちょっとずつ詰めていったら、ね」

「九カ月です。それ自体きついんですよ。雪には参ったって、話したばっかりじゃないですか」

成瀬は事務所を離れていた大田を呼び、工程にどれほど余裕がないか説明させた。それでも武井は、宥《なだ》めるようにうなずくだけで、チェリーホテルズと交渉してみるとさえ最後まで約束しなかった。

逃げるように武井たちが引き上げるのを見送って、大田は床を力任せに蹴《け》りつけた。プレハブの建物全体が震えた気がした。

「殺すつもりかよ」

「本社に頼もう。俺たち相手だと武井さんも嵩《かさ》にかかってくる」

「本社なんか当てになりますかね」

大田はすでに捨て鉢だった。

「主張すべきはしてもらうよ」

しかし大田の懸念は成瀬にも分かった。ヤマジュウは武井設計事務所がらみの仕事を多く請け負っている。武井が施主に推薦してくれるからだが、それは武井の無理難題をヤマジュウが聴き入れるのとバーターだ。

考えてみれば武井だって好きで無理難題をふっかけるわけではない。図面を引き直すなんてまっぴらなはずだが、今後継続的な受注が期待できるホテルチェーンには盾突けない。仕事の供給源に逆らえない事情は、施工、設計に共通している。

それでも成瀬は本社に電話した。相手は直属の上司、工事部次長の伊藤征治《いとうせいじ》だ。同じ現場で働いたことも一度や二度でなく、気ごころは通じているつもりだった。

成瀬の説明を聞いて、伊藤はため息をついた。

「厄介な話持ち込んできよるなあ」

いつまで経っても抜けきらない関西なまりでつぶやく。

「すみません。けどこれはこっちに理がありますよ。向こうのせいで作業が増えるんだから、それなりのマイナスは引き受けてもらわないと」

「分かっとるて。考えるわ。チェリーホテルズの営業やっとんの誰やっけな。武井の事務所回っとんのが別におるはずやさかい、そっちから攻めるほうがええかな」

電話を切ったあと成瀬は「なんとかしてくれるんじゃねえか」と大田に言った。自分を励ますためでもあった。

「俺はせいぜい金を分捕る作戦を練る。とにかく、やらなきゃいけないことから始めよう」

大田もぶすりとしたままではあったがうなずいた。

まずは「数字拾い」。新たに鉄筋やコンクリートほかの資材がどれだけ必要になるか計算する。

「熊川に言うのが筋だろうな」

「最初から砂場にやらせたらいいじゃないですか。どうせそうなるんだから」

「一応順序ってものがある」

熊川健太に気を遣う必要があるのか成瀬も迷わないではなかったが、遣って損もないだろうと、作業の立ち会いから戻ってきた熊川に丁寧に頼んだ。

「いいですよ」

しかし熊川は眉《まゆ》一つ動かさず付け加えた。

「ただ私、御存じの通り残業はできませんから、その範囲でですけど」

傍でやりとりを聞いていた大田の頰に赤みが差した。砂場良智も経緯を説明されて、熊川への、チェリーホテルズや武井に対する以上の不快感をあからさまにした。事務所の雰囲気が悪くなったのは、はっきりした「損」だった。

余計な仕事を抱え込んだのは砂場ばかりでない。役所の認可も取り直しだ。そして工程の見直しがやはり大きい。細かな調整は日常的にやっているが、今度のは小手先で済まない。

「十日でいいから遅らせてくれませんかねえ」

このごろ大田は、独り言のようにつぶやいている。当てにならないと言いながら、本社の工作にすがっているのだ。

けれど伊藤からは一向に連絡がない。急《せ》かすのもはばかられた。営業が伊藤の依頼をすんなり受けたとは考えにくい。連中は、会社を支えているのは金を引っ張ってくる自分たちと思っている。ふざけるなと言いたいが、役員の数では営業畑のほうが多いから始末が悪い。

営業が承知しても、武井、チェリーホテルズにうんと言わせるのはもっと難しい。切り出すタイミングを計る必要があるだろう。

とはいえ三日が経ち五日経ち、一週間過ぎてもなしのつぶてでは、成瀬も我慢できなくなった。成否が分からなければ工程表に手をつけられない。感触だけでも聞いておきたい。

直通電話にかけると、伊藤はすぐ「例の話やな」と言った。

「ええ」

「ちょっと待っとって。まだ何も言うてきとらへんのや」

伊藤は三十分ほどしてかけ直してきた。

「すまん、やっぱりあかんらしい」

半ば予想していたとはいえ成瀬は落ち込んだ。諦《あきら》めきれない気持ちもあった。

「誰がそう言ってるんです？」

「詳しいことは分からん」

伊藤の口調に面倒くさそうな響きを感じて成瀬ははっとした。すまん、と謝った時も申し訳なさそうに聞こえなかった。

伊藤は営業に話していなかったのではないか。今、確認したかも怪しい。彼からすればどうせ通らない要望を出して営業にうるさがられることにメリットはない。返事がない段階で察しろ、ということだ。

ありがとうございました、と言って電話を切った成瀬だが、ふつふつ怒りがわいてきた。だめならだめで一緒に憤るくらいしてくれてもいいじゃないか。

もっとも大田の消沈ぶりがあまりひどいため、成瀬は自分を憐《あわ》れむのも忘れてしまった。実際、工程の問題はとてつもなく厄介だった。二人でいろいろ検討したが、配管を考えると鉄骨の組み方から変えなければならない。引き渡しを延ばさずすべてを押し込むなど、象を軽自動車に乗せるようなものだ。

工程を組むのは、パズルに似ている。初めのほうで間違ったために、最後の一ピースがはまらなくなったりする。

やり直しを繰り返す大田の帰りは遅くなる一方で、泊まり込むこともあった。気分転換にと飲みに誘っても断られる。大田が飲みを断るなんてよっぽどだ。

とにかく成瀬が経験した中でもトップクラスの忙しさになってしまった。数えてみたら、三が日が明けた後、もう二月になったというのに二日しか休んでいない。ほかの現場監督たちはもっと少ないだろう。もっとも妻に土日の仕事がよく入るという熊川はやはり例外だ。

ジャグジー問題が持ち上がって十日ほど経った。大田の目はどんよりしていないことの方が珍しい。ひどい時には声をかけても反応しない。顔色も悪い。

「今日はもう帰れ」

昼休み、パソコンに向かって修行中の達磨大師《だるま》よろしく固まっている大田に成瀬は言った。カップラーメンを作る気力もなさそうだ。こんな状態でアイデアなど浮かぶはずがないし、作業の立ち会いで足場に登らせるのが怖い。

抵抗するかと思ったら、大田はあっさり「そうします」とうなずいた。前日から頭痛がしていたとも明かした。

「我慢してましたけど、かえって迷惑ですね」

早く言えとたしなめた成瀬にも、大田の気持ちは痛いほど分かった。普通の神経の持ち主なら、こんな時に戦線離脱するのは心が痛む。

マフラーを巻きコートを着た大田は、それでも頭が寒いなとおどけてみせた。

「治ったらこき使うからな」

「そうして下さい。今晩ゆっくりさせてもらったら大丈夫ですよ」

「いや、明日一日休め。こじらせられたらかなわん」

居合わせた砂場が「そうですよ」と横から口を出した。キャリアを考えると生意気な感じもしないではないが、自分もできる限りの穴埋めをするという意欲の表れだろう。

ただ、ドアの向こうに大田が消えた瞬間から、人のやりくりで成瀬は悩み始めた。明日使う工程表をまず用意しなければならないが誰にやらせる？　さすがに砂場というわけにいかない。

自分でやろうと肚《はら》を決めた成瀬だったが、ひいひい言わされる羽目になった。しばらくその手の仕事をしていなかったせいはあるにしても、部下たちに仕事の速いところを見せてやるつもりだった浅はかさを思い知らされた。

「すまんな、俺が残ってると帰り辛《づら》いよな」

「関係ないです。やることはいくらでもありますから」

結局三人揃って十一時過ぎに事務所を出た。

「お前たちも気をつけろよ。二人に調子崩されたら冗談抜きでおしまいだ」

「所長こそですよ」

浅田に言われて成瀬はその通りだと思わざるを得なかった。そろそろアラフィフ突入である。大した病気になったことはないが、血圧と中性脂肪はこの五、六年高めをキープしている。今のような生活が続けば何が飛び出しても不思議はない。

だがそこでいつもの壁にぶつかる。残業を減らす方法はない。どう気をつければいいのだろう。

部下たちはみんな地下鉄である。じゃあな、と成瀬は一人関内《かんない》駅を目指した。こんな時間になると人通りもほとんどない。駅前の横浜スタジアムでナイターがある日は別だが、プロ野球の開幕にはまだしばらくかかる。

ちなみに早く開幕してほしいわけではない。野球帰りの人込みに出くわしたら出くわしたで、どうしてこいつらにはこんな暇があるんだと腹が立つ。

前に横浜に通っていた時は、成瀬も何度か観に行けたのだが。横浜の頭文字、Yをかたどった照明スタンドの下、生でプレーを観ながら飲んだビールの旨《うま》さを懐かしく思い出した。

駅に着いた成瀬は吹きさらしのホームに立った。終電ではなかったけれど、もう間隔がかなり空いている。スマホを持った手がかじかんだ。スマホをポケットに戻して息を吐きかけ、こすりあわせる。

着信音がした。もともと入っていた中から選んだ「イパネマの娘」である。季節感がそぐわない。いや、ブラジルは今夏という意味ではこれでいいのか。

メールでなく通話の着メロなのがまた、いったい誰だろうと思わせた。画面を見ると大田の名前が出ている。ゆっくり寝かせるために帰したのにと、成瀬は苛立《いらだ》ちを覚えた。

大田自身、休み時だと認めていたではないか。それでも仕事が頭から離れないのか。画面をタップし、尖《とが》った声を出した。

「何だ」

「成瀬さんでいらっしゃいますか」

返ってきた声は大田のものではなかった。

「はい、そうですが」

調子を改める。

「驚かせて申し訳ありません」

言った女の調子も硬かった。

「大田の妻です」

「ああ」

成瀬は中途半端な返事をした。そうか、とは思えたけれど、会ったこともない大田の妻が夫の携帯で上司に電話してきた事情が分からない。

「実は——夫が倒れまして」

えっ、と声が出た。少し離れたところにいたカップルがこちらを向いた。

状況を説明しだした妻の話をしばらく成瀬はぼんやり聴いていたが、途中で電車の到着を知らせるアナウンスが流れ出した。成瀬は我に返った。

「今どちらですか。とにかく伺います」


大田は、自宅がある浦安《うらやす》の隣、船橋《ふなばし》市の病院に担ぎ込まれていた。どちらにしても関内からは十分過ぎるほど遠い。浅田を上回る一番の遠距離通勤者は大田だった。

集中治療室に入った大田には会えず、その前の薄暗い廊下で成瀬は改めて妻の話を聞いた。小柄で大人しそうな妻だった。ピンク色の縁の眼鏡をかけていたが普段はコンタクトなのではないか、顔に馴染《なじ》んでいなかった。

大田が異変を起こしたのは八時半ごろ、風呂《ふろ》上がりだったらしい。寝間着になってリビングに戻ったところでうずくまった。めまいがすると言った。肩を貸してソファに座らせたら今度は右腕の痺《しび》れを訴えた。

脳梗塞《のうこうそく》を疑ったのは妻だった。母方の祖父がやったそうだ。発症するところを見たわけでなく詳しい知識もなかったけれど、ネットで調べて間違いないと思い一一九番した。救急車が来た時には呂律《ろれつ》も怪しくなりつつあった。

妻はいったん大田だけを送り出したが、東京の実家から母親を呼んでいた。子供を預けて病院にやってきたのが十時半ごろ。医師の説明を受け、大田の実家と自分の親へ伝えてから、会社にもと気が付いた。

大田は寝間着だったくせに救急車に乗る時スマホを握りしめていた。自分で電話するつもりだったのかもしれない。だが救急隊員の説明では、すぐしゃべれなくなったそうだ。左手だけでの操作も無理と分かったのだろう、「差し出してこられたので」と妻に返されたスマホは当然ロックがかかっていたが、試しに大田の誕生日を入れるとあっさり解除できた。

「所長さんのお名前は聞いてましたから、履歴を見まして――すみません」

「いや、謝っていただくことじゃありません。こちらがお礼を言わなければ。素晴らしい機転です」

本心から成瀬は言った。大田のセキュリティー意識の低さは非難されてしかるべきだが、今あげつらってもしょうがない。

「容体はどうなんです」

「一〇〇パーセント脳梗塞だけれど、あとのことは何とも分からないとしかおっしゃってもらえなくて」

淡々と話していた大田の妻の顔が歪《ゆが》んだ。

「申し訳ありません。このところむちゃくちゃに忙しくて。無理をさせたかもしれません」

口にした直後に成瀬ははっとした。労災だと認めたようなものだ。会社が責任を問われるんじゃないか。ひょっとすると俺個人も上司として落ち度を指摘されないか。

しかし妻は「疲れてるみたいで心配してたんです。顔を合わせる時間もほとんどなかったんですけど」と言ったものの、責めるそぶりは見せなかった。

現場の状況を大田は説明していたのだろうか。妻も仕方ないと思ってくれたのか。今のところ考えが至らないだけか。本人につもりがなくても、外から焚《た》き付けられたらどうなるか。

いつの間にかそんな心配ばかりが頭を占めているのが情けなかったが、心配せざるを得ない世の中である。いずれにせよ成瀬にできるのは、会社との連絡役になることだけだった。

船橋のカプセルホテルで何時間か睡眠をとった成瀬は、始発でいったん大田《おおた》区の自宅に立ち寄り、着替えて横浜へ戻った。昨日のうちに大田が倒れたことだけはメールしておいた三人が事務所で成瀬を囲んだ。

「どうなるか分からないそうだ」

浅田が目を見はった。砂場は唇を噛《か》んでいる。「心配ですね」という熊川のつぶやきが冷静過ぎるように聞こえたのは気のせいだろうか。

「まあ、医者は慎重な言い回ししかしないものだからな」

あえて明るく成瀬は言った。朝礼では、大田がしばらく来られないので作業の立ち会いなどは他の現場監督が適宜代りをするとだけ、職人たちに伝えた。

九時になるのを待って成瀬は本社に電話した。伊藤の声を聞くのも不快だったけれど、今回、伊藤はうって変わって素早い動きを見せた。報告を終えて本当にすぐ、また電話が鳴った。労務部の吉野《よしの》という女だった。

「大田さん、先月は九十九時間の残業でしたね」

甲高い声でしゃべる吉野の、最初のひと言がそれだった。

「本人がそう申告してるならそうでしょう」

皮肉を利かせたつもりだが「成瀬さんの現場だったら、申告が実態と違うなんてことはないでしょう」とやりかえされた。

さらに吉野は攻めかかる。

「できれば八十時間以内にとお願いしていたはずですが」

「簡単じゃないんですよ、お分かりと思ってますけど。人がまったく足りない。増員してくれってずっと言ってたんです」

「それは工事部内で調整していただく問題です」

「労務さんからも口添えして下さい。大田がいつ出てくるにしても、それまで抜けたままで放っておかれたらまた誰か倒れますよ」

脅し合いである。吉野は少し考えて「承っておきます」と答えた。無視されるよりマシだろうか。

それからの一週間、現場監督たちは無我夢中で働いた。こんな時でも熊川が勤務スタイルを変えないのにある意味感嘆させられつつ成瀬自身先頭に立って大田のやっていた仕事をこなした。

浅田、砂場の奮闘もめざましかった。特に浅田は、毎日の工程調整に加えてジャグジー問題でも成瀬をずいぶん助けてくれた。そのおかげで、竣工《しゅんこう》までの工程表が何とか形になった。

といっても時間と人の不足を解決する魔法が見つかるはずはなく、ごまかしと無理を重ねただけで、どうせ日々変わってゆくことを思えば意味があるのか疑問だったが。

ほっとさせられたと言えば、何といっても大田の命に別状がなく、後遺症も軽くて済みそうとの知らせだった。

思えば風呂場《ふろば》に一人でいる時に発作を起こさなかったこと、妻が脳梗塞とすぐ気づいたことが幸いだった。血管に詰まった血の塊を溶かす薬は、時間が経つと使えなくなるのだが、大田の場合はよく効いた。でなければ大がかりな手術が必要になるところだった。

集中治療室に三日いただけで大田は一般病棟に移った。若干言葉が出にくかったりするものの、話も歩くこともできるそうだ。

だが大田の妻は、電話でそうした情報を伝えるものの、成瀬を含め、会社関係者の見舞いは必要ないと言った。

「みなさんお忙しいでしょうし」

「それはそうなんですが、我々も大田君の顔を見たいです。何とかやりくりつけて」

妻は成瀬を遮った。

「お気持ちはありがたいのですが、当分、御遠慮願いたいと思います」

大田を電話に出すことさえ拒んだ妻を、どうしてと砂場はいぶかしがった。

「まさか、ほんとはすごく悪いとか」

「そういうんじゃないと思う、多分」

「だったら電話くらいいいでしょう。大田さんも自分たちと話したくないんですかね。それとも奥さんのいいなりってことですか。携帯取り上げられてるんだとしたらひどいですよ」

ってそうだろう。

「違うんだって」

妻はやはり病気を仕事に結びつけているのだ。少なくとも今は、大田を仕事から引き離したい、仕事のことを考えさせたくないと考えるのは当然だ。仕事仲間にいい感情を抱けなくて不思議ではない。筋道をどこまで理解できるか別にして、子供たちだってそうだろう。

「だから大田も、家族の気持ちを汲《く》まないわけにいかないんだよ」

砂場はショックを受けながら納得した。

大田の妻はおそらく正しい。面罵《めんば》されなかったことを感謝しなければいけない。労災申請する気もないようだ。それこそ大田の意思である可能性は大きいし、会社からいくばくかの見舞金が出たことも関係しているかもしれなかったが。

大田がちょっとやそっとで復帰できないことだけははっきりした。完治しても、現場には戻れないかもしれない。思惑は家族とまったく違うにしても、会社だってきつい仕事は危なっかしくてやらせられないだろう。

成瀬は改めて事務所員の補充を願い出たが、伊藤も簡単には応じなかった。成瀬のところに一人回すならどこかから削る必要が出てくる。

「どこも苦しいんや」

「何とかやりくりできひんのか」

のらりくらりと逃げ回っていた伊藤が突然態度を変えたのは数日後のことだ。労務から圧力がかかったのだろうか。何でもいい。成瀬は胸のうちで快哉《かいさい》を叫んだ。

「ご希望、かなえたるわ」

ぶすりとした声で伊藤は言った。

「ただ大田クラスは出せへんで」

「分かってます」

「二、三日のうちに決められると思う」

「有難うございます」

受話器を耳に押し付けたまま成瀬は二度、三度と頭を下げた。伊藤への腹立ちも忘れた。人手が増えることがそれだけ嬉《うれ》しかった。

3

補充されるのが入社一年足らずの新人と分かって、ちょっと感謝し過ぎたかなと成瀬和正は思った。大田クラスは出せないなんてわざわざ断るからかえって、ベテランとは言わないまでもそれなりの経験者をもらえる気がしていたのだ。

だが浅田しのぶは明るく言った。

「一年目でも、院卒なんですよね。計算なんか私より速そう。現場もまるで初めてってわけじゃないんでしょう？」

「まあな。内装と、マンションもやらせてたみたいだ」

「だったら、ひと通りできるんじゃないですか」

砂場良智も自分より下が来るのが楽しみなのだろう、「できなかったら俺が鍛えますよ」と口を添えた。

その男、高塚宏《たかつかひろし》が事務所に来るのは週明けということになった。

現場の変更は辞令が必要な人事ではない。工事部内の配置換えに過ぎないから決まったその日にも来てほしかったが、準備が必要と本人からメールが届いた。

「抜けるだけだろうから引き継ぎもいらないだろうに」

「ちょっとでも長くって引き止められたんじゃないですか」

浅田はあくまで前向きだ。見習わねば、と成瀬も思った。若いなら、少なくとも体力的な期待はできる。体力とやる気さえあれば、あとのことはいずれついてくる。

月曜日、いつもより十分早く成瀬は出勤した。朝礼で高塚に自己紹介をさせるつもりだったが、その前に少し話そうと思ったのだ。

「あれ、まだ来てないのか」

十分早いといっても、成瀬は普段、部下のプレッシャーにならないよう朝礼ぎりぎりまで現場に入らないようにしている。今日だって浅田、熊川健太、砂場の三人はすでに顔を揃えていた。

「時間、伝えてるんですよね」

「当たり前だ」

砂場に確認され、ちょっとむっとして成瀬は答えた。

五分経ったが高塚は現れない。着替えもさせなくてはいけないしとやきもきしながら仕方ないので朝礼場に出たら、八時一分前になってスマホにメールが来た。

【道に迷いました。すみませんが少し遅くなります】

「は？」

思わず声が出た。

「どうしたんですか」

画面を見せられた浅田も驚いた顔をした。

朝礼中もいつ来るかと苛々《いらいら》していた成瀬が、見回りにも行かず事務所に戻った直後にドアがノックされた。時計の針は八時半を回っていた。

「どうぞ！」

つい声が大きくなった。おずおず入ってきたのは、今風の丈の短いコートを着た華奢《きゃしゃ》な若者だった。小さく、顎《あご》の細い顔は二十五歳としても子供っぽい感じがする。

「どこで迷ったんだ」

なるべく穏やかにと意識したつもりだが、高塚はうつむいてしまった。軽く立てられた髪の先が成瀬のほうを向く。

「すみません、マップに住所入れてきたんですけど——時々おかしな道教えるんで」

声も小さく、聴きとりにくいほどだ。

「にしたってだな、変だと思ったらもう少し早く連絡してくればいいだろう」

「そうですね。でも、合ってるって思ってたもんで——すみません」

さらに訊《たず》ねるうち、高塚が八時十分ごろにはゲートまで来ていたと分かった。

「どうして入ってこない」

「朝礼やってる声が聞こえたんで、終わるまで待とうかなと」

「何でそうなる」

成瀬はまた声を荒げてしまった。

「明日からはしっかり頼むぞ」

とうとう黙り込んだ高塚にほかにかける言葉も見つからず、うんざりしながら成瀬は教育係になる砂場の携帯を呼び出した。

「やっと来たんですか。時間を間違えてたとか？」

砂場は好意的な解釈をしようとしている。

「そのへんは直接訊《き》いてくれ」

「二、三分で戻ります」

「よろしく頼む」

電話を切った成瀬は、砂場にひどく申し訳ないことをする気分でいた。

高塚の使えなさは想像をはるかに超えた。

とりあえず砂場は写真を撮らせることにした。新人にはお決まりの仕事だ。記録のための写真だから、鉄筋の本数、ボルトの回り具合、水平が出ているかななど、記録すべき要素がはっきり分かるように撮らなければならない。モノの大きさが分かるよう、メジャーを映り込ませるといった決まり事もある。作業が始まる前、途中、後と段階を押さえるのも大切だ。

高塚の写真は、構図が悪い、逆光順光を考えていないと問題が山ほどあったが、何よりまずいのは被写体からの距離が遠いことだった。

余計なものばかり写って、肝心の部分がよく分からない。砂場に指摘されるとズームアップで切り取ろうとする。倍率が上がればピント合わせがシビアになる。手ぶれも反映しやすい。結果ボケた写真ばかり上がってくる。

「近づけ！」

怒鳴られてモノには寄るようになった。しかし職人がいるとやはり腰がひける。「兄ちゃん、嚙《か》みつきゃしないよ」声をかけられて「はい、分かってます。大丈夫です」と硬い調子で答えるものの、まだ遠巻きにカメラを構えている。職人たちもしまいに気を悪くした。呑《の》み込みが悪い。砂場から溶接する鉄骨とボルト締めする鉄骨の違いを説明されてうなずいていたらしいのだが、実際に作業に立ち会っている時「あれ間違いじゃないですか」とトンチンカンを言いだして、何も分かっていなかったのが判明した。そしてトロ臭い。置いてある資材につまずいたりぶつかったりするのを成瀬も何回か目撃した。

極め付けは鉄骨の接合角度検査をやらせた時のことだった。検査にはプロトラクターと呼ばれる分度器の一種を使う。高塚はプロトラクターを鉄骨の接合部に当てようとした拍子に、手を滑らせて落としてしまった。

プロトラクターは金属製でそれなりの重みもある。下で作業している者に当たる最悪の事態は避けられたが、落ちたのは組みあがった柱の型枠の中だった。翌々日にはコンクリを打つことになっていた。

報告を受けた砂場はやっきになって取り出そうとしたが、型枠の高さは三メートル近い。一番高い脚立に乗ってやっとのぞき込めるくらいだ。懐中電灯を向けると落ちているのが確認できたがもちろん手は届かない。型枠の中にはコンクリの圧力を支えるためのセパレーターなども渡されていて、人などとても入れない。

とてつもなく長いマジックハンドでもあれば——。そんなことを思っていると、高塚が「磁石はどうでしょうか」と言った。

悪くないように思えた。ただ磁石は現場になかったので、砂場は横浜駅近くの大きな文房具屋まで高塚を買いに行かせた。ひもを結んで型枠の中に垂らし、プロトラクターに近づけると思った通りくっついてきた。

「よし！」

しかしやはりセパレーターが邪魔をした。プロトラクターは測りたいものに沿わせるための腕が突き出ているので、どうしても引っかかる。型枠のこちらから、あちらからとひもを下ろす場所を変えて試したが、すべての障害をクリアすることはできなかった。

一時間以上奮闘したあげく、砂場はついに諦《あきら》めた。

「型枠、バラしてもらおう」

「やっぱりそれしかないですよねえ」

他人事《ひとごと》みたいなものいいに、砂場は脚立から飛び降りて高塚の胸倉をつかんだ。

「お前、どういうことか分かってんのか？」

型枠大工の職長、城田《しろた》組の山本修一の前で高塚を土下座させ、自分も這《は》いつくばったのだった。

被害の大きさで際立った一件だが、高塚のやることなすこと似たような調子だ。ヘマをしない日のほうが珍しい。

工事部次長の伊藤征治の説明では、高塚は入社以来三つの現場を経験したことになっていた。

最初はマンション新築工事に入ったらしい。ひと月もしないうちに見限られ、スポーツジムの内装現場へ回された。内装が楽なわけではないが、荒っぽい要素はかなり減る。まだしも適性があるかも、という思惑はあっさり外れた。何をしでかしたのか成瀬は詳しく聞かなかったけれど、百万近い損失を計上させられたというから恐れ入る。

コミュニケーション力の低さやドン臭さが修正不可能でも、建築学科の大学院まで行ったのだからできることはあるはずだ。現場監督が複雑な構造計算をする機会は少ないが、施工図を描かせたらどうだろう?

しかし高塚はそれも駄目だった。速いことは速いが、設計図にある数字を機械的に落とし込むだけなのだ。

設計図通りだと、窓の端と隣の壁のあいだに二、三センチの幅で壁が残ってしまうようなことがままある。仕上げが面倒だし費用もかかる。デザイン上必要なら別だが、隣の壁まで窓を寄せてしまうなり、逆に残る壁の幅を広げるなり、工夫して収めるのが施工図を描く上で大切だ。

それが高塚には分からない。最初は分からなくて当然かもしれないが、一度怒られたら次から考えるのが普通だろう。試行錯誤し、正解にたどり着かないまでも「どうしたらいいですかね」くらい訊いてくるものではないか。ところが彼は平気で同じことを繰り返す。進歩する気がないかのようだ。

微《かす》かな望みをかけてもう一ヵ所内装をやらせたものの結果は同じだった。その現場では高塚にアルバイトにやらせるような雑用を割り当てたと聞いた。

そんな折、成瀬が事務所員の補充をうるさく求めてきた。引き渡しを延ばそうとした件でも成瀬をこころよく思っていなかった伊藤は、ここぞと厄介者を押し付けたわけだ。大喜びした間抜けな自分が成瀬は悔しくてしょうがなかった。

こういう時、成瀬の相談相手になったのは大田だった。解決策が見つかったかはともかく、一緒に腹を立て、慰め合う相手になってくれただろう。しかし今はメールを送るのさえはばかられる。妻の気持ちを抜きにしても、大田に責任を感じさせてはまずい。

大田の代りはやはり浅田だ。高塚についてにしろ伊藤のことにしろ、自分から悪口を言うことはなかったが、よく成瀬の愚痴を聞いてくれた。二人で飲みに行くのはさすがに避けたが、会議室を使えば用は足りた。

事務所に、近藤を除けば成瀬と浅田だけという時間も増えていた。工程にかかわる仕事を浅田がメインで担当するようになったからだ。はじめ成瀬は自分がやるつもりだったが、所長の仕事との兼任はやはり難しかった。悔しいけれど、浅田のほうが手が早い事実も認めざるを得ない。

代りに、もともとの浅田の仕事の一部を成瀬と砂場が引き受けたが、一番の負担増は明らかに浅田だ。

「もうちょっと俺に回せよ」

成瀬が言っても、浅田は「所長様に作業の立ち会いなんかやってもらってるだけで勿体《もったい》ないですから」と冗談交じりに返事するばかりだ。

「何とかなりますよ」

浅田の口癖だった。しかし現場監督たちの働く時間は、高塚の尻拭《しりぬぐ》いをしなければならないせいでいっそう延びている。

浅田が事務所に泊まるようになったのが成瀬の頭痛のタネだった。表向き浅田は、

「泊まったりしませんって。私だって女ですから。間違いがあったら困りますもんね」

と笑い飛ばすのだが、近藤に女子更衣室のロッカーをのぞいてもらったら、案の定寝

袋が隠してあった。

砂場、さらには砂場に止められて高塚も家に帰らないことがしばしばのようで、浅田と一緒だったりもしているはずだが、口を合わせて白状しない。間違い云々《うんぬん》については安心にしても、まったく好ましくない。

情けないことに、成瀬は強く咎《とが》められなかった。泊まり込まなければ仕事が片付かないのがはっきりしているからだ。

現場近くに部屋を借りることが認められるケースもあるので調べてみたが、浅田が住む浅草橋でも、横浜なら通えとなるようだ。結局は定期代と家賃の比較らしい。

本質的な解決でないのは承知で、仕事を持ち帰らせようかとも思った。しかしこれまたネックがある。

社用のパソコンを事務所の外に持ち出すのは就業規則違反なのだ。契約書類が入った成瀬のものほどでなくても、図面、資材の発注伝票、すべて社外秘だ。万が一電車に忘れでもしたら――。浅田の疲れを考えれば、危険は万が一より大きそうに思える。

だから成瀬は毎晩、苦しい心を隠して「お先に」と席を立つ。

「お前らも早く帰れよ」

「はーい」とカラ元気を振り絞る浅田、砂場だが、だんだん演技にほころびが出てきた。高塚はうんざり顔を隠そうともしない。立場をわきまえろといいたくなるが、きついのは確かだろう。

いつまでこんなことが続くのか、成瀬は時々不安になった。大田の言葉を思い出す。巨大なビルが建つこと自体不思議なのだと大田は漏らした。笑い飛ばしたが、今は何となく分かる。完成までにやらなければいけない仕事の量を考えるだけで気が遠くなる。

本当に目まいに襲われたこともあった。ずっとパソコンに向かっていて、背筋を伸ばそうと立ち上がった途端くらっときた。

次の日曜日、成瀬は朝寝すると決めた。丸一日はどうしても無理だが、少しでも休息を取っておかないと大田の二の舞になりそうだった。

昔と違うのは、こんな時でも暗いうちに一度目覚めてしまうことだ。ゆっくりしたい願いさえ身体に裏切られる。寒さに震えながらトイレに行って戻ると、隣の布団では妻の香澄《かすみ》が健やかな寝息をたて続けているのに嫉妬《しっと》する。

その後も現場の情景が夢うつつに浮かんで思うように寝られず、やっと意識が消えかかったと思ったら「パパ、そろそろよ!」と、いつの間にか隣から消えていた香澄に起こされた。

午後一番には横浜にいたかったので、早めの昼食にしてくれるよう頼んでいた。眠れなくても、横になっているだけでそれなりに休まると聞いたことがある。信じるしかあるまい。

布団から這い出し、せめてもの抵抗のつもりで背広でなく、チェックのシャツとセーターという服装を選択する。こんなことでしか「本当は休みなのだ」と主張できないのが悲しい。

LDKはほどよく暖かかった。下の娘、麻衣《まい》がソファでゲームに夢中になっている。「おはよう」と声をかけたが聞こえたかどうか、返事はなかった。穂乃花《ほのか》は姿が見えない。部活のバスケで朝から試合と香澄が説明した。

食卓には焼きそばが一人前だけ出ていた。

「ママと麻衣は?」

香澄は鍋《なべ》を洗いながら「あたしたちは朝食べて、まだお腹空《す》いてないから」と答えた。

「そりゃそうだよな」

小袋の青のりを振りかけてもそもそした麺《めん》を口に押し込む。仕方のないことだ。それでもどこか割り切れない。

金を稼いでいるのは俺だ。古いのだろうがやっぱり思ってしまう。ささやかだけれどどこの戸建てでも、食費も服代も子供たちの教育費も、全部俺が出しているのだ。

敬えとは言わないが、たまに家で飯を食う時くらい、多少のことは曲げて付き合ってくれてよくないか。俺の仕事のきつさは、香澄ならよく分かっているはずなのだし。

いや、ちっとも家にいないなどと文句を言われずすんでいるのはそのせいで、ありがたがらなくてはいけないのか。

「浅田、ほんとによく頑張ってるよ」

そう口をついたのは、浅田にかこつけて自分の頑張りを訴えようとしたのかもしれない。しかし香澄は素直に浅田の話と取ったようだ。

「ああ、しのぶちゃん。元気？」

香澄は浅田と面識がある。一定年齢以上の成瀬の同僚ならかなりの確率で知り合いだ。それもそのはず、香澄も元はヤマジュウ建設の社員で、成瀬の四年後輩だった。現場監督をかじったこともある。

浅田とは二年しかかぶっていないが、香澄が新人研修を担当したせいで、互いによく憶《おぼ》えていた。というより、今回成瀬のところに来るまで、浅田のことは香澄のほうが詳しかった。

浅田の奮闘ぶりはこれまでもよく香澄に話していた。男にまったくひけを取らずばりばり仕事をしている女、それも香澄の知っている後輩がいるのだと教えたい気持ちが成瀬にはあった。

きつい仕事をして稼ぐ者がきちんと報われるべきと思う一方で、女性が働くことには偏見がないつもりだった。女性だって活躍したいと思うのは当然だし、人手不足の中、ありがたくもある。

「すごいわよねえ、しのぶちゃん」

そちらについては夫の思いを察したのか、香澄は素直にそう言った。

「ちょっと頑張り過ぎるくらいでさ」

泊まり込みについても成瀬は話した。

「あの子ならそうかもね。昔から頑張り屋だったわ」

新人研修の合宿で禅寺での座禅体験があった時、姿勢をまったく崩さず一度も警策で叩《たた》かれなかったらしい。レポートの枚数が一番多かったとか、現場作業体験で鉄筋運びを男性の半分以下のスピードながら最後までやりきったとかのエピソードも聞いていた。

中堅になって時々の職場で頑張り屋の評判をとり、だから成瀬も欲しいと前から思っていて、今回初めてかなったのだ。

「無理だろって思われるのが嫌いなのよね、あの子は。だから自分からも、できませんとは言わないわ」

「いいじゃないか。人間、ちょっとくらい無理してみるのも大事だよ。じゃないと成長しない。キャパが大きくならないんだ。最近の若いのはそもそも大きくなろうって気がないんだよな。しんどいことはしたくないってだけでさ。だから仕事に慣れるところにすらいかないんだ」

話がずれてきたのに成瀬も気づいて、焼きそばの残りを頬張った。食べ終わる頃合で香澄が茶を持ってきた。香澄は自分も食卓の向かいに座ってみかんをむき始めた。

「それでも泊まり込みはよろしくないわね」

「ああ、分かってる。でも今はどうしようもない」

茶を飲み干して、成瀬は「そろそろ行ってくるわ」と腰を上げた。

「今日も遅いのね」

「遅くなりたくないけど、午前中休んじゃったからそうなるだろうな」

「分かった」

ずっとテレビゲームをしていた麻衣が、画面から顔を上げないまま「いってらっしゃい」と言った。追い出されるようでもあるが、声をかけてもらえるだけましかとも成瀬は思う。

浅田、砂場にせいぜいゆっくりしろと言ったが、きっともう働いているだろう。飯はどうしたのかな。日曜くらいいいものを食えばいいのに——。

「浅田に誰かいいのいないか」

玄関に向かいかけた足を止めて成瀬は言った。

「誰かって？」

「男だよ。見た目は結構いけるんだからって、倒れる前に大田とも話してたんだよ」

「しのぶちゃんはどうかしらねえ。恋愛とかしたいのかなあ」

成瀬はどきりとした。レズビアンの可能性なども考える必要があるのかと思ったからだ。大田の同期の求愛を拒んだ話の真相がそういうところにないとは限らない。レズビアンの部下にはどう接するべきなのだろう。これまた厄介そうだが――。

「男嫌いって思ったことはないけど」

笑いながら香澄が言う。香澄はやはり夫の心を読むのに長《た》けているようだ。うっかりしたことは思うのもまずい。

「頭いいし、人から吹きこまれもするから、仕事との両立が並大抵じゃないのが分かってるんでしょうね」

「今は物分かりのいい男が多いぞ。物分かり良すぎるくらいのもいる」

熊川のことを思い出して、それはそれでいまいましくなった成瀬だったが、ああいうのが浅田の夫ならぴったりともいえる。

しかし香澄はうなずかなかった。

「物分かりだけで解決する問題でもないのよ。どうやったって大変なの、多分。だから私は、挑戦する気もなくしちゃったの」

香澄は含み笑いをして「逃げたのかな。意識はしてなかったけど」と付け加えた。

「だったら浅田は反対方向に逃げてるってことか？　あいつはどっちかっていうと立ち向かう女だぞ」

「せっかく早くご飯作ったのに、遅くなっちゃうわよ」

香澄が話を切り上げにかかった。もう少し議論したかったが、遅くなると言われればその通りだ。いったん置いた鞄《かばん》を提げなおした成瀬に、背中から声がかかった。

「しのぶちゃんによろしくね。よかったら遊びに来てって言っといて」

「ああ。っていっても、今の現場が終わるまでは難しそうだがな」

振り返らずに答えて、成瀬は靴に足を入れにかかった。

4

「困るよ、頼んだことちゃんとやってもらわないと」

鉄筋工の職長、荻野正男の尖《とが》った声がスマホから響いてきた。

「どうかしましたか」

おっかなびっくり成瀬は訊《たず》ねた。

「午後使いたいから台車を五、六台出しておいてくれと言ったのが届いてねえんだ」

「こっちで受けたの誰ですかね」

おい、と荻野が電話の向こうで職人に質《ただ》している。

「このあいだ来た若いのだってよ」

舌打ちが出そうになる。

「済みません。できるだけ早く持っていきますから」

高塚宏にはこの種のポカも多い。注意力散漫というか、人の話が右から左に抜けているところがある。

呼び出すも高塚はなかなか電話に出なかった。これまた彼の約束事みたいなものだ。十五回ほど鳴らしたところで、「はい」と例のおどおどした声がする。荻野が文句を言ってきたことを伝えると、高塚は「あ」とつぶやいた。

「あ、じゃないだろ。忘れてたのか」

「えーとあの、あの時は砂場さんに言われて、区役所に行きかけてた時だったんですけど、急いでて――そしたら呼び止められて、でも早くいかなきゃなんなくて――」

「もういい」

成瀬はしびれを切らして言った。

「ヤードの奥に二台はあったと思うから、それだけでもとりあえず届けろ。あとは俺が探す。謝って待ってもらえ」

成瀬はレンタル屋を当たったが、すぐに対応してくれるところが見つからず焦らされた。そうこうするうち高塚から「二台で何とかするらしいです」と連絡があったが、無駄骨と分かれば別の意味でむっとさせられる。

しかし高塚のミスやポカに、誰よりいらつかされているのは教育係の砂場良智だった。

後で伝え聞いたところ、台車の件を知って砂場は高塚の尻《しり》を蹴とばしたらしい。安全靴で思い切り蹴れば尾骶骨《びていこつ》にひびが入りかねないから、手加減したとは思うけれど。だが話はそれで済まなかった。初めのうち砂場は成瀬が台車のレンタルに動いたことまで把握していなかったのだ。ヤードにあった台車だけでは本当は足りなかったと、高塚が言わなかったからだ。意図的かどうか証拠はないが、これまた高塚にはしばしばだった。

成瀬から経緯を聞かされ、改めて高塚の頭をはたきながら、砂場は詰問を続けた。

「どうして台車を頼まれた時、まず俺に言わないんだ」

「それくらいなら僕一人でできるかと思って——区役所に行く途中にでも電話するつもりだったんで」

蚊の鳴くような言い訳が怒声にかき消される。

「それくらい？　現に忘れてんじゃねえかよ！　とにかくお前は一人前じゃないんだ。

半人前にも足りねえよ。マイナス人前だ！　毎朝起きたら、俺はマイナスだって百回唱えろ。分かったか？　おい、分かったのか？」

　プロトラクター事件の時も砂場は烈火のごとく怒ったが、手や足が出るまではいかなかった。すぐにいつもの陽気な砂場に戻って、高塚にも励ましの言葉をかけたりしたものだ。

　砂場の怒りは長くなった。常に怒っているようでさえある。夜も高塚を隣に座らせて、ずっと説教し続けている。高塚相手だったら誰だって声を荒げたくなる。成瀬など、人事の採用担当の責任を問いたいと思っているくらいだ。

　だが怒るにもエネルギーが要る。人を褒めるとこちらも元気になれるが、叱ればぐったりする。普通だったら高塚みたいなのにはそろそろ愛想を尽かして諦《あきら》めるのではないか。ある意味砂場は大したものだと思う。教育係としての使命感、プライドのなせるわざだろうか。

　感心しつつ、それが及ぼす悪影響への懸念も成瀬の中で強まっていた。

　砂場に限った話でないが、エネルギーは一〇〇パーセント、本来の仕事に使ってほしい。余計なことに回す分などない。

　工程表はまだ辛うじて守られていた。しかし表裏一体と言っていいもう一つの問題がにわかに風雲急を告げだした。

浅田、砂場ともに今月は半ばを過ぎるか過ぎないかでイエローカードをもらってしまった。このところのどたばたからすれば当然だ。あとは全部サービス残業になるが、深く考えていられないほど忙しかった。

しばらくして現場事務所長が本社に集められた。突然だったが、残業規制の件というので、また実のない話だろう、仕事の時間が勿体《もったい》ないとぼやきながら出かけたらとんでもなかった。

労務部長の簡単な挨拶《あいさつ》に続いて説明役として出てきたのは、大田が倒れた時電話でやりとりした女、吉野佳代子《かよこ》だった。四十前後だろうか。頬の高い顔にひっつめ髪、グレーのぴったりしたスーツを着た、声から想像した通りの女だ。

「残業の抑制につきましては日ごろからご協力をいただいているところでございますが」

言葉だけは丁寧だけれども、大半は年上だろう所長連中を前に、吉野は尊大に胸を反らせた。

「昨今の世情にかんがみまして、社員の健康管理のため、より進めた措置を取る必要があるとの結論に達し、本日臨時の取締役会で承認されました」

より進めた措置だと？　いやな予感がした。周りの連中も不安そうな表情になっている。

「来月より、工事現場事務所における残業時間は上限を八十時間といたします」

ええっ、という声がどこかから漏れた。お構いなく吉野はしゃべり続ける。

「ご案内の通り、八十時間を超える残業は過労死との関連が疑われるわけでございますから、この措置もいささか遅きに失した感がございますが、労働組合ともすでに交渉をはじめておりまして、月内に新たな36協定を締結できる見通しでございます」

そりゃ組合に反対する理由はないだろうが——。

吉野はさらに驚くべき話を始めた。

「労務といたしましては、新たな協定を実効性あるものにすべく、新たな勤怠管理ツールをご用意しました」

これまでは、各社員が専用のソフトで出退勤時間を入力するやり方だった。本質的にはタイムカードと変わらない。しかしその先となると——。

「すでに導入している企業も多いですが、我が社におきましても、残業の抑制に大きな効果を発揮すると思います。仮に、ですがみなさんの職場の方が不正確な申告をされても、従来はチェックが非常に難しゅうございました。残業時間が上限に近づいていますよという私どもからのメールを受け取ったあと、残業をやめるのではなく、ただ申告しないようにするといったことが、失礼ながら多々あるように推察されました」

勝ち誇ったように成瀬たちを見回して吉野は続けた。

「そういう不正はできなくなります。パソコンにログインしたら自動的に記録されるようシステムが変わるからです」

マジかよ。また声がした。成瀬も同じ気持ちだった。

「繰り返しになりますが、残業の削減は喫緊の課題でございます。ですので私どもも新システムの開発に全力を挙げさせていただきました。部署により若干前後するとは思いますが、数日中に必要なソフトを配信いたします。説明に従いまして各人でパソコンにインストールされますよう、職場の方々にご周知ください。やり方が分からない等ございましたらご遠慮なくお問い合わせください」

吉野は資料を配り、パワーポイントとスクリーンを使って資料に沿った細かい話を始めたが成瀬は上の空だった。

八十時間にどうやったら収められる？　省ける仕事なんかない。処理スピードを倍にできるか？　無理に決まっている。

説明を終えた吉野は質疑応答の時間を設けたが、所長たちも途方に暮れているのか一人として手を挙げなかった。

「それでは終了したいと思います。御苦労様でした」

自分のパソコンと書類を手早くまとめ、吉野は部屋からすたすた出ていった。意を決して成瀬はその後を追った。

「吉野さん」

誰だと言いたげに成瀬の顔からつま先、再び顔へと視線を往復させた吉野に名を告げた。吉野はわざとかどうか、思い出すのに少し時間がかかったような表情を見せてから笑顔を作った。

「ああ。大田さん、順調に回復されているらしいですね。私どもも安堵《あんど》しております」

「ありがとうございます」

心の声を押し殺して礼を述べた成瀬に、吉野は澄まして言った。

「わざわざご挨拶、恐れ入ります」

「いや、お呼び止めしたのはその話と別でして」

「はい？」

いちいち芝居がからなくていい。肚《はら》のうちで毒づきながら成瀬は言った。

「残業が八十時間を超えたらどうなるんですか」

「どうも何も、許されません。36協定ができれば明白な違法行為ですから」

「それでも超えてしまったら？」

「超えないように私どものほうで指導させていただきますが、無視してということですと、しかるべき処分の対象になるかと」

「本人、それ以上に管理職がですね」

「おっしゃる通りです」

「去年まで協定がなかったのも違法だったわけですよね。とすると処分があったのかな。私が知らないだけで、きっとあったんでしょうね」

吉野は一瞬たじろいだもののすぐ態勢を立て直した。

「処分するしないは、経営上の総合的な判断だと思います」

「吉野さん」

成瀬は声を落とした。

「うちの現場の状況は御存じですよね」

「大田さんの後任が入られたと工事部さんからうかがってますけど」

「来るには来ましたが、とんでもない新人で」

「はっきり申し上げますが」

吉野は肩をそびやかし、成瀬をきっと睨《にら》みつけた。

「チェリーホテルの現場事務所では、大田さんが御病気になられる前から恒常的に出退勤時間の改竄《かいざん》が疑われる状況でした」

「うちに限った話じゃないでしょう。あなただって昨日今日会社に入ったわけじゃないなら分かるはずだ。景気が戻ってから、現場はえらいことになってるんですよ」

「そちらでほとんど残業なしの方がおられますよね。やる気次第ではないんですか」

「熊川のことなら、彼が特殊なんです。みんながあいつみたいだったら、工期を倍にしてもらわないといけない」

「それも、労務として関知するところではありません」

一転した無表情になって吉野は繰り返した。

「出退勤時間の改竄をお認めになるかのようなご発言がありましたが、聞かなかったことにして差し上げます。よその現場事務所を貶《おとし》めるのも以後お慎みください」

踵《きびす》を返した吉野は、ヒールの音を響かせながら廊下の奥へ消えた。成瀬はため息をついて、荷物を取りに会議室へ戻った。

所長たちの大半は帰った後だったが、残っていた知り合いの中には「何話してたんだよ」と探りを入れてくる者もいた。

「きっつい女だよなあ。現場がサービス残業しなかったら、お前の給料どうなると思ってんだって、言ってやりたいよな」

その男、工事部の同期である服部進《はっとりすすむ》のつぶやきに口元を緩めた成瀬だったが、ささやかに溜飲《りゅういん》を下げて済むことではなかった。

「聞こえたら処分されちまうぞ」

した。


「並大抵じゃないよ、労務の強硬さは」

品川《しながわ》駅まで歩きながら吉野とのやりとりを説明すると、服部はどんどん顔色を悪くした。

管理職地獄ももちろん心配だ。しかしチェリーホテルでも服部の現場でも、残業の量は所長が一人で肩代りできるレベルをはるかに超えていた。

「向こうがその気なら、こっちも腹くくって時間一杯になったところで工事止めちまおうか」

やけくそ交じりで成瀬が口にすると、服部は「お前できるか？　そんなこと」と真剣に訊《たず》ねてきた。成瀬もじっと考えた。

「できないね」

服部は空を見上げて「何が起こるんだろうな」とつぶやいた。

「お互い無事でいたいもんだな」

「お前んとこの大田じゃないけど、いっそぶっ倒れるのが一番楽かもしれんぜ」

「よせよ。さすがにまだ早いって」

そんなことを言い合って改札を通ったところで二人は別れた。

だだっ広く、天井も高い品川駅の構内を歩いていると自分が小さくなった気がする。

もちろん昔から大きな駅だったけれど、そんな感じを抱かせるようになったのは多分十六年前、新幹線が停まるようになった時だろう。

合わせて構内にデパート並みの商業施設が造られた。駅などもともと長く居る場所ではなかったはずだが、店には人があふれ、構内は一つの街のような様相を呈し始めた。構内が賑《にぎ》わうのと歩調を合わせるように、駅の外側も発展した。巨大なビルが次々建ち上がり日本を代表するような企業もたくさん本社を移してきた。

実を言えばヤマジュウも、その流れに乗って、新幹線駅開業の年に品川に来たのだ。それまでは飯田橋《いいだばし》に本社ビルがあった。珍しい慧眼《けいがん》だったかもしれない。

早めに土地を手当していたため、そこそこの場所に本拠地を構えることができ、新幹線、羽田《はねだ》空港ともに近い業務上のメリットとともに、会社のステイタスを上げた。チェリーホテルズの案件を受注できたのも、品川移転のお蔭《かげ》といえるだろう。

定期を有効利用するなら京浜東北《けいひんとうほく》線だが、成瀬は東海道《とうかいどう》線のホームへ向かった。一回停まるだけで行ける横浜駅から地下鉄に乗り換えるほうが早いと思ったのだ。多少自腹を切っても時間を節約したい。

俺って仕事に献身的だよなあ。こういうのを社畜と言うのか。なのに労務は――。

また腹が立ってきたが、やってきた電車に乗り、時間帯のせいか首尾よく座れてひと息ついた時に疑問が湧いた。

なぜ労務は急に強硬策に出たのだろう。

今のまま現場にサービス残業をさせておいても特段の不都合はなかったはずだ。出退勤時間の改竄はむしろ望むところではなかったのか。それ以外、建前と実情の衝突を避ける方法はない。

釈然としないまま、横浜駅での乗り換えを忘れそうになったりしながら成瀬は現場に帰り着いた。

事務所には近藤治美しかいなかった。

「お疲れ様です」

近藤がお茶を淹《い》れてくれる。外を歩く間に冷えていた身体に、胃からお茶の熱さが伝わった。

しばらくすると熊川が戻ってきて、十五分ほどパソコンをいじった後出て行った。次には砂場と高塚が姿を見せ、せかせか書類を確認するとすぐまた出て行った。正確に言えば書類を探し、読んでいたのは砂場だけで、高塚はぼんやりその後ろに立っていた。二人はまったく口を利かなかった。

浅田が現れたのは、さらに小一時間経ってからだ。

「どう。順調？」

いきなり重苦しい話をしたくなくて、成瀬は言った。

「そうですね、何とか」

浅田は笑顔を返した。

「コンクリートの強度、きちんと出てます。予定通りに型枠を外せると思いますよ。あとは――」

穏やかな浅田の声を聞いていると成瀬の心は安らいだ。しかしひと通りの報告を受けてしまえば本題を切り出さないわけにいかなかった。

「そういう話だったんですか」

浅田も顔を強張《こわば》らせた。

「あれは掛け値なしだな。処分うんぬんも脅しじゃないと思う」

「本当だったのかなあ」

「え、何？」

「このあいだ同期のLINEグループで話が出てたんですけど、どこかの現場に労基の査察が入ったみたいだって」

成瀬は息を呑《の》んだ。

「何を挙げられたって？」

「そこまでは。査察かあったのか自体噂の域だったんです。本社に探り入れた人もいたんですけど分からなかったって」

それに違いないだろう。

「緘口令《かんこうれい》を敷いたわけか」

査察はあったのだ。労基が来る理由は残業に関するものだけではないけれど、それに違いないだろう。

納得がいった。だから本社は慌てて動いた。査察で違反が見つかれば是正命令を受ける。始末書を書き、再発防止策を提出してとそれだけで大変だが、時をおかずまた違反となると目も当てられない。

全社営業停止をくらう可能性が高いだろう。社名の公表も避けられない。案件がいくらあっても、ヤマジュウは使われなくなる。会社の存続からして危ぶまれる。

納得はできたが、問題が解決したわけではまったくない。

「どうしたらいいだろうなあ、浅田」

所長として情けないのは承知で、成瀬はストレートに問いかけた。しかし小さなため息が返ってきただけだった。

「どうしましょうね」

誰にも解決できない難題だ。なのに成瀬は、浅田なら何とかしてくれるのではないかと期待してしまった。

「やりようがあるならとっくにやってるよな」

「何とかなりますよ」

なお健気《けなげ》に微笑んでみせた浅田だったが、成瀬はかえってどうにもならないことを思い知らされた気分になった。

5

説明通り、翌々日には現場監督たちのパソコンにソフトが配信された。

インストールしなかったらどうなるのかな——。

一瞬頭をよぎったが、労務はそれも把握できるようソフトに仕掛けをしているだろう。すぐあの甲高い声で電話がかかってくるに決まっている。

処刑台の階段に足をかける気分で圧縮ファイルをクリックする。どこに作らせたのか、少なくともインストーラーはいい出来で、ITが苦手な成瀬にも問題なく扱えた。

立ち上げてみると、事務所員五人の名前が入ったボックスが現れる。成瀬まで対象になっているのは、残業規制がない管理職についても労働時間を把握するよう、改正された労働基準法で義務付けられたからだ。部下たちは、自分の分だけ見られるようになっているようだ。

各人のボックスにはパソコンのログイン、ログアウト時刻が記録される。累積残業時間はひときわ太い罫《けい》で囲まれている。

八時―十七時は、すでに一時間の時間外を含んでいるが基本勤務時間と設定してあるとのことで、外れた時間帯にログインすると、ログイン中はもちろん、八時か十七時の近い方との差も残業としてカウントするシステムと説明された。早朝出勤も見逃さないぞという偏執的な意志が感じられるところが恐ろしい。零時から一時までオンだったらどっちにくっつけるんだろう、なんて考えたがすぐ無意味と気づいた。どっちであってもアウトと判定されるに決まっている。

ただ、今は全員パソコンをオンにしているにもかかわらずボックスには何も表示されていない。ソフトが動き出すのは三月になってからのようだ。

ボックスを閉じてもデスクトップにショートカットのアイコンが残る。見ていると忌々しくなって成瀬はゴミ箱に放り込んでしまった。しかしそいつはエイリアンのようにパソコンにしっかり巣くったのだ。

急に暖かくなって、日中はコートがいらない陽気のことも増えてきた。しかしそれは、花粉症持ちには辛《つら》い季節の到来を意味する。

成瀬は毎年一月から鼻の奥にひっかかりを感じる敏感体質だ。薬を飲んだりあれやこれやと試しているが、花粉の飛散が本格化すると何をやってもだめだった。一日中目をこすり、くしゃみを繰り返す。デスクの足元のゴミ箱は丸められたティッシュですぐ一杯になった。

近藤治美に手間をかけさせないよう、ティッシュは自分で補充する。これでないとだめという銘柄があるのも理由だ。以前はくしゃみ以上に、洟《はな》のかみすぎで鼻のまわりがひりひりするのが辛かった。保湿ローション入りティッシュは大した発明だったが、そんなことで喜ばなければいけないのも悲しい。

三月がやってきた。

一日の始まりは一見、昨日までと変わりなかった。しかしエイリアンは活動を始めたはずだ。

「八時まで絶対にパソコンの電源を入れるな」

成瀬はみんなに口を酸っぱくして注意した。一分でも余計なカウントはされたくない。

朝礼と巡回の後、捨てたショートカットを作り直し、画面にボックスを表示させた。数分前、ログインした時刻が表示されていた。分かっていたのに背筋が寒くなった。

対策を考えなかったわけではない。さっそく試してみる。

パソコン内蔵の時計を進めたらどうなるか。その時刻が記録されるなら数字を操作できる。

けれど時計をいじれなくなっていた。インターネットにつながっている間は自動的に時刻合わせをする機能がパソコンについているのだが、ログインと同時にネット接続されてしまう。今までそんなことはなかった。エイリアンの仕業らしい。

「どうでしたか」

事務所に入るなり訊《たず》ねた砂場良智に成瀬は首を振ってみせた。様子を話すと砂場も肩を落とした。

「俺が考えるくらいのことはお見通しってわけだ」

「根本的にプログラムを変えないとダメなんでしょうね」

砂場は後ろにくっついている高塚宏を睨《にら》みつけた。

「まったく、何の役にも立たねえ奴だな」

高塚が小さくなる。こういうタイプはコンピューターが得意かもと思った砂場がソフトを解析させようとしたが、からきしなのがすぐ判明した。ほかの事務所員にもITの達人はいない。

実は、しかるべき専門家にプログラムを書き換えてもらうことを検討したのだが、誰にどうやって依頼するのか見当がつかず、やってもらえるとしても出来栄えの保証がなかった。バレたら残業制限超えよりはるかに厳しい処分を受けるのは確実だ。

会社から貸し出されている社用パソコンでなく、私物のパソコンを使えばいいと知らない人は思うかもしれない。

しかし仕事のほとんどは社用パソコンでしかできないようになっている。図面も含め専用の書式があり、扱えるソフトは社用パソコンでしか動かないからだ。セキュリティー対策の一環である。この壁を突破するにはやはりプログラムをいじるしかない。実行可能な対抗手段は一つしかなかった。幸いと言えたとすれば、チェリーホテルの現場には、そのやり方にそこそこの効果が見込める特殊事情があったことだ。熊川健太である。基本勤務時間外にはほんの少ししかパソコンを使わない。上限までの余りを他の現場監督で分け合えば足しになる。

バレたら熊川もまずいことになるわけで、すんなりとは応じないだろう。しかしプログラムの書き換えと違って証拠は残らない。いきなり熊川の残業が増えるのだから疑われる可能性はあるけれど、口裏を合わせれば尻尾《しっぽ》はつかまれないはずだ。そう説得する心づもりでいた。

けれど成瀬に打診された熊川は、意外にもあっさり首を縦に振った。何でもかんでも拒んでは居心地が悪くなり過ぎると思ったのだろう。

「私に入ってくる残業代は、後で精算してみんなに戻せばいいですか」

言われて成瀬は不意を衝《つ》かれた。確かにその問題があったが、額を寄せ合った浅田や砂場も頭が回っていなかった。

こいつは残業の上限がどうなろうと関係ないから冷静でいられるんだな。感心してやるほどのことでもないと成瀬は胸のうちでつぶやいた。言いだささなかったらそれこそ問題だった。

かくして浅田と砂場は三日に一日、五時以降は熊川のパソコンを使うようになった。記録上は三人とも同じように三日に一回、定時に帰宅するかに見える。浅田、砂場の残業時間を三分の二に減らせるわけだ。

ただそれで安心とはとてもいかなかった。

基本勤務時間にすでに一時間の時間外が含まれているので、それだけで毎月二十時間ちょっとになる。さらに月二回、時には三回の土曜出勤。これは一回につき九時間。熊川も月四十―五十時間は残業していたわけである。八十から引いた残りを浅田と砂場で分けて、増やせるのは一人当たり二十―二十五時間。もともと百でもまったく足りなかったから「焼け石に水」に近い。

誰のパソコンを使うにせよ、キーボードに触れるごと時間が削られる感覚から逃れられない。少しでも早くパソコンをオフにしようと気が焦る。それでかえってミスをし時間がかかったりする。

そんな折、またぞろ仕事を増やす外的要因が発生した。

「責任者に会わせろという方が見えてます」

ゲートのガードマンから連絡があった。そういうのはちょくちょくいる。何ができるんだとか、中を見学したいとか、働かせてくれなんていうのまであるが、一番多いのはやはり苦情だ。騒音、振動、臭い、タバコをはじめとする職人たちの不作法。工事なんて、周りへの迷惑の塊のようなものだ。

　もちろんできる限りの対策はしている。何事もコンプライアンスの時代だ。成瀬が
若いころには職人が凄《すご》んで追い返すのも当たり前だった。進歩だと頭では分かってい
るが郷愁が湧くのは否定できない。

　ともかく低姿勢でいくのが事を大きくしない鉄則である。成瀬は急いでゲートへ向
かった。所長が出ていくまでもないかもしれないけれど、空振りならそれでいい。

待っていたのは貧相なじいさんだった。すでにじりじりしている様子だ。

「あんたが責任者？」

成瀬が挨拶《あいさつ》すると相手はいきなり「商売にならんのよ」と苛立《いらだ》った声を投げつけた。

「とおっしゃいますと」

「何なんじゃ、朝から晩まで！」

反射的に成瀬は頭を下げた。

「申し訳ございません。近隣の皆様に多々ご迷惑をおかけしていることと存じます。

しかし御覧のように」

　後ろを振り返って、今や一番高いところは八階まで柱が立ちつつある躯体《くたい》の下部を
防音シートが覆っているのを示す。

「騒音等、なるべく抑えるよう最大の努力をいたしておりますので、何とぞご理解いただけますよう」

「ワシはこの中の話をしとるんじゃない！　これ、お宅の車じゃろ」

じいさんは昔懐かしいような、印画紙にプリントされた写真の束を突き付けた。上の一枚を見て、チェリーホテルの現場に出入りしている生コン車なのは分かった。生コン車の区別など素人《しろうと》にはつかないだろうが、業者のロゴが入っているし、繰り返し目にしていると雰囲気を憶《おぼ》えてしまうのである。

「そうですね」

成瀬は束を繰った。全部、生コン車の写真だ。同じ車ではないが、どれもここに来るやつである。背景も同じ。けれども現場は写っていない。近所のようだが特定できない。

どこですかと訊《き》く前にじいさんが写真に突き立てるように指を伸ばした。

「コレがウチじゃ」

それで成瀬も、生コン車のお尻《しり》に半分隠れた青赤白のねじり棒に気が付いた。そういえば現場の裏、大通りと反対側に昭和《しょうわ》感たっぷりの床屋があった。

店が面する四つ角を一日に何度も生コン車が曲がってゆく。道が狭いためたいてい切り返しをする。エンジンやミキサー音が店に入るし、車が庇《ひさし》にぶつかるのではないかと気が気でない。髪を切っていても集中できない。髭《ひげ》を剃《そ》っていた客の頬を危うく傷つけそうになった――。

そんなことをじいさんはまくしたてた。通行人の目と耳を気にした成瀬が途中で事務所へ連れて行ったが、同じことを何度も繰り返しながらいつまでも話を切り上げようとしない。

「ようく分かりました。まことに申し訳ございません」

成瀬も頭を下げ続けるのだが、じいさんは「申し訳ないと思うんなら、ウチの前を通るのを止めてくれ」の一点張りである。

確かに多少の騒音や威圧感はあるだろう。ボロい店だから揺れたりもするかもしれない。生コン車が朝から晩まで、一日に何度もやってくるというのも本当だ。コンクリートは原則的に一階分を一度に打ち込まなければならない。でないと継ぎ目ができて弱くなってしまうからだ。

大きな建物であれば必要なコンクリートの量は生コン車何十台分にも上るが、型枠に流し込むのはコンクリートポンプ車のホースを通してなので時間がかかる。打ち込みは朝から晩まで行われ、その間、生コン車がコンクリート工場と現場を行ったり来たりすることになる。

とはいえコン打ちをやる日に限った話だ。柱、壁、梁《はり》すべてにコンクリートを使う低層階の躯体工事はすでに終わった。今は基本的に床だけだから、週に一回あるかないかだろう。

「期間も二カ月ちょっとでおしまいになりますから、何とかご辛抱いただけませんでしょうか」

「ならん」

じいさんは即座に吠《ほ》えた。

「難しいことは言っとらん。うちの前さえ通らなきゃいいんだ。トラックの入り口は一つじゃないだろう」

その通り、仮囲いには車の通れるゲートが三つある。だが、コンクリートポンプ車を停められる場所が決まっているため、そばに寄せなくてはいけない生コン車の進入路も限られる。どうしても、いったん大通りから入って現場をぐるっと回る必要がある。

現場の配置図と周辺の地図を並べ、成瀬は懸命に説明した。

はじめは耳を貸そうとしなかったじいさんだが、ついに腕組みをして「うーん、どうしようもないってことか」と唸《うな》った。

「まあわしだって、工事を止めろとまで言うつもりはねえんだ。お前さんたちが困っちまうだろうしな」

「ありがとうございます！」

ほっとして成瀬は、テーブルにすりつけんばかりに頭を下げた。

「ご理解いただけて嬉《うれ》しいです。いや正直なところ、非常識な要求をされる方もいらっしゃいまして。みなさんがそちらさまのようですと、私どもも実に助かりますんですが」

本当の話、成瀬はそのうち菓子折りでも持っていこうと思っていた。苦情を金で抑え込むケースも多い。比べれば安いものだ。どこの菓子にしようか。多少張り込んでもいいかもな。香澄に見繕ってもらおうか。

じいさんもいいことをした気分なのか、しみの出た頰を撫《な》でてにやにやしている。

「仕事中でなきゃあな、まあしょうがねえや。我慢するわ。どうしてもって時は出かけりゃいい」

恐れ入ります、とまた頭を下げかけて成瀬は引っかかりを憶えた。仕事中でなきゃあ、とはどういうことだ？

「えーと。だめな時間帯とかあるんでしょうか」

「月曜ならいつだっていいよ」

成瀬はかっと目を見開いた。

「月曜だけですか」

「散髪屋の休みは月曜だけだよ。まっとうな散髪屋ならさ。最近はそうじゃねえところもあるみてえだけど」

「いつコンクリートを打つかは、ほかの作業との兼ね合いも様々ございまして」

じいさんは表情を一転させて成瀬を睨《にら》んだ。

「何じゃと？　わしが親切に言ってるのにまだ不足なのか？」

「とんでもない。ご厚意には心から感謝しております。ただ——」

低姿勢が第一と思い出し、慌てて謝った成瀬だが、コン打ちを月曜に限定するとはどうしても約束できなかった。あれだけ苦労して組み上げた工程表がパーになってしまう。改めて説明を試みたが、今度はハナから激高された。

「図に乗るのもいい加減にせい！　さっき、コンクリートを運ぶことはもうそんなにありませんっつったじゃねえか。だったらどうにでもなるじゃろ」

勘弁してもらいたい。だいたい、いかに大きな生コン車でも、前を通るだけでそこまで大きな騒音や振動を感じさせるはずがない。庇にぶつかりそうなんて個人の捉《とら》え方に過ぎない。客観的に見て、突っぱねて問題はないはずだ。

しかし——なのである。じいさんが恨みを抱いてこちらの粗探しに躍起になったら？　工事現場なんて叩《たた》けばホコリはいくらでも出る。それこそ現場監督の残業問題など調べればすぐ証拠が挙がる。

本社に相談しようかとも思ったが、窓口は伊藤征治になる。胸糞《むなくそ》の悪い関西弁が耳によみがえった。

「お前のせいで労基にチクられでもしてやな、査察入ったらどないする？　責任とれるんか？」

「月曜やったらやらしたるて、向こうが言うてるあいだに手ぇ打ったほうがええんちゃうか？　月曜まであかんようなってみいや。どえらいこっちゃ。コン打ちのたんびに仮囲い外すけ？　なんぼかかるやろな」

「きついのんは分かっとるわいな。けど、無理を何とかすんのが所長の腕やないか。それをお前は泣き入れてくるばっかりや。やれ引き渡し延ばしてくれ、人が足らん、じいさんがぐちゃぐちゃ言うてきよった。たいがいにせえや」

罵《のの》られている気分になってきた。

「分かりました」

絞り出すように成瀬は言った。膝《ひざ》に置いた手が震えた。

「おう、そうか。分かってくれたか」

またころりと満足げな笑みを浮かべたじいさんを成瀬はゲートまで送った。身体を二つに折りながら、もう顔を見せるなよと声に出さずに吐き捨てる。

事務所へ戻る成瀬の足取りは重かった。

経理事務をしながら成瀬とじいさんのやりとりに耳を澄ませていたに違いない近藤は、気を遣って「コーヒー、お淹《い》れしましょうか？」と訊《たず》ねてきた。

「いや、今はいい」

一服する気にもならなかった。どんな顔をして浅田に伝えればいいのか。じいさんに押し切られた時、まっさきに頭をよぎった。じいさんを送り出すまで、浅田が今部屋に入ってきたら騒動になるかもと心配していた。

浅田が戻ってきたのはほどなくだった。

「済まん」

いきなり謝られて面食らう浅田に、成瀬は顚末《てんまつ》を説明した。浅田の顔をまともに見られなかった。

「俺にもうちょっと力があるといいんだが」

「所長のせいじゃないですよ」

「部下に慰められてちゃ話にならんな」

「そんなこと言わないでください。元気出してくださいよ。大丈夫です。なんとかなりますよ」

しかし、そういう浅田の頰から血の気が失《う》せているのを、薄い化粧は隠しきれなかった。

熊川の分に加えて、高塚の残業枠も差し出させようか。

成瀬は浅田、砂場に提案した。所長として落ちるところまで落ちた感はあるが、理にはかなっている。しかし意外にも砂場が難色を示した。

「それじゃ、自分があいつに負けたみたいじゃないですか」

砂場は言った。高塚の教育を放棄したくないらしい。教師役のプライドである。また、どうせできないからと鍛えることを放棄すれば、高塚は本当に何もしなくなるだろう。今も、砂場が目を放したすきに雲隠れすることがある。

見かけた職人の話だと、人目につかない足場の蔭《かげ》に座り込んで、スマホで音楽を聴いていたらしい。そういえば成瀬も、現場を出たあと、イヤホンを耳に満ち足りた表情で駅に向かう高塚を目撃していた。いつもの生気の失せた様子とは別人のようだった。

砂場の気持ちは分かる。しかし一方で、砂場にはもう高塚などうっちゃって、工事を進めるための仕事に専心してもらいたい思いも成瀬にはあった。

このあいだも高塚はやらかした。

鉄骨に防火材を吹き付けるロックウール工の資材が増えてきて現場のところどころに積んである、その一つが作業の邪魔になるから移動させてほしいと、鳶《とび》が高塚に伝えていたのだった。台車の時のようにまるまる忘れたのではなかったようだが、高塚は何を思ったか資材の積んである周りを掃除しておしまいにしてしまった。

気づいた鳶が怒った。引き起こした事態は同じである。いや前以上に相手を怒らせた。鳶の職長、松岡隆が直接事務所に乗り込んできた。その後ろには、金髪の若い鳶に「連行」された高塚の姿があった。苦り切った砂場も一緒だった。

「こいつ耳悪いんすか」

若い鳶は高塚の腕をつかんで成瀬のほうに突き出しながら言った。高塚に話をした本人のようだ。

「あり得ないっしょ。磯部《いそべ》さんに訊《き》いても、そんな話知らない、でしょ」

ロックウール工の職長の名を出し「だもんでこいつ捕まえたら、掃除しときましたよって、何なんすか」と息巻く。

「あの、僕は——あの辺片付けといてくれって言われたから」

高塚の弁解は常に火に油を注ぐ。

「んなわけねえだろ」

若い鳶が顔を真っ赤にした。

「あのままじゃ奥にワイヤ張りづれえだろ。掃除したって変わらねえじゃねえか。頭使えよ。大学の上の大学院とかってとこまで行ったんだろがよ。高校中退の俺でもそのくれえ分かるって」

「ですけど――」

たまりかねて成瀬は間に入った。

「何しろ経験が少ないものですから――」

「そんなど素人に何で現場仕切らせてんだよ！」

耳が痛い。

「済みません。たいていは砂場と一緒に仕事しているはずなんですが」

「一人でぶらぶらしてたぜ。俺と話して、何にも分かってねえくせに、分かりましたなんていっちょまえの口利きやがったんだ」

ただ成瀬にもいささか思うところはあった。

若い鳶は高塚が一人でいたところを狙って用事を頼んだのではないか。しかもわざとぼかした言い回しで。

確かに高塚はドン臭い。ものを取り落とすのはそれこそ運動神経の鈍さに起因していそうだし、頭も、少なくとも機転や現場での知恵の蓄積という意味ではいいと言えない。

しかし、そんな高塚を鬱陶《うっとう》しく思う余り、悪意ある企《たくら》みをする者もいる気がする。怒鳴り上げるのはストレス解消になるだろう。謝るのも下手な高塚は、からかいがいあるおもちゃだ。

職人たちの安全を守るのも現場監督の仕事である。ともすれば面倒がって、移動の邪魔になる足場の手すりを外したり、安全帯のロックをかけなかったり、上下の階で小さな資材や道具を投げ渡したりといったことをしがちな職人に、始終目を光らせる必要がある。時には怒鳴るし、出入り禁止にだってする。

しかし高塚の言うことなど誰も聞くわけがない。どころか目の前でわざと規則違反をしてみせる。

「あの、済みません――」

おずおず高塚が注意すると、聞こえないふりをしたり、逆に凄《すご》んだりすることもあるようだ。

もっとも、そんな事情の一切を考慮しても高塚が使えないのは間違いないし、存在自体の迷惑さは事情と関わりがない。

成瀬が頭を下げて済むならまだいい。その前にも謝りまくったに違いない砂場は、鳶たちがようやく引き揚げた後、ロックウール工に資材を移動させてもらう段取りをつけるため走り回った。説教が延びるのは道理だが、はっきりいって時間の浪費である。

さらにきついのは、高塚のせいで慢性化するぎすぎすした空気だ。

熊川健太が絡んでさらに厄介になることも多い。この騒動の時も典型的だった。ロックウール担当の熊川が、高塚を説教中の砂場に「資材が邪魔になるのに私も気づいていなかったな。私の責任もあるよ」と声をかけたのだが、他の人間ならともかく、高塚をかばうような発言を熊川がするのはまずかった。

「俺が教育係ですから」

砂場はにべもなかった。ばかりでなく矛先を熊川に向けた。

「熊川さんも、きちんと話を伝えてこなかった高塚に落とし前をつけさせるべきじゃないですか」

「私が？　私はいいよ」

「よくないです。熊川さん、高塚に甘いですよ。ひけ目をお持ちになることなんか、ちっともありません。あいつは俺と同じだけ長く現場にいるってだけで、仕事はしてませんから」

年齢による上下関係を重んじるタイプの砂場だけれど、このごろ熊川への当てこすりに遠慮がなくなった。残業枠を使わせてもらっていることも、働く時間の差をより強く感じさせこそすれ、感謝の心にはつながりにくいだろう。

熊川は黙り込み、砂場の説教はますます声高になった。浅田と成瀬はといえば、できれば近くにいたくないのだが、事務所を離れるわけにもいかず、苦々しさが顔に出ないようこらえるしかなかった。

こんなことがいつまで続くのだろう？

もちろん引き渡しまでだ。しかし今年の十月にホテルができているとは真面目な話、到底思えない。いつか完成するということすら怪しい気がしてくる。

改めて大田の言葉が浮かんできた。あれは本当なのかもしれない。ビルが建つなんて本当に幸運なことで、これまでは奇跡的に幸運が続いていただけなのかもしれない。

そんな幸運な時代は終わりつつある。あるいはもう終わってしまったのではないか。もしそうなら、政府でも業界団体でもいい、早く宣言を出してほしいと成瀬は思った。

6

次のコン打ちは、本来ならクレームの入った翌週の木曜日にやる予定だった。遅らせまいとすると、三日早めなければいけない。

工程表の本格的な組み直しはいったん脇に置いて、浅田はその方向でまず当面の調整をしようとした。とはいえちょっとやそっとで追いつかない。

その週末は連休のはずだったのを、関係する作業については進めてもらうことにした。

働く日数が稼ぎに直結する職人たちが、週休二日を必ずしも歓迎していないのは本当だ。しかし急に出ろと言われればまた事情が違う。渋る職人には、成瀬と浅田が直接当たりに行った。

「子供をスキーに連れてってやる約束してんだよ」

などと言われるとこちらも心苦しいけれど、自分もろくに家族を顧みられていないのが、非情になるために役立った。相手を説得する材料としても使える。

もっとも職人を揃えておしまいではない。近隣の住民や店へは、現場が隔週週休二日なのを前提に説明会をしたし、作業予定として掲示もしている。変更を知らせ、理解を求めなければいけない。

幸い強くごねられたりはしなかったが、元凶はそもそも近所の一員たるあのじいさんだ。じいさんにまで土日作業を詫《わ》びなければいけないとは！

「そうかね。ま、仕方ないんじゃろな。コンクリートの車が仕事の日にうろちょろしないんなら文句は言わんよ」

首を絞めたくなる衝動を抑えるのに成瀬は苦労した。

土日作業のおぜん立てを整えつつ、そこへ突っ込むまでのもろもろを繰り上げる算段をする。

まず急がなければならないのは鉄骨の建て込みだ。二日分を一日半でやってくれとの頼みに、鳶《とび》の職長松岡隆は頑強な抵抗を示した。

「分かってるでしょ、所長もしのぶちゃんも。慌てたら絶対狂いが出るんだ。目に見えてんだから」

「松岡さんの腕なら大丈夫ですよ」

「おだてたって駄目だって」

「試すだけ試してもらえませんか」

浅田にすがられてついに松岡も折れたものの、「責任はそっちで持ってよ」と釘《くぎ》を刺すのを忘れなかった。

翌日は雨がぱらつく空模様だったが、もちろん強行である。

タワークレーンがうなりをあげ、十メートル前後、ものによってはもっと長い鉄骨が次々空中に舞い上がる。一番大変なのは、玉掛けと呼ばれる、吊《つ》るものにワイヤを掛け外しする作業だ。資格の必要な仕事でこなせる職人が限られ、どうしても負担が集中する。このごろはものを運んだあと遠隔操作でワイヤが外れる装置も出てきたが、効率が上がるだけノルマも増えて、結局楽にならないのは多くの仕事に共通な現象だ。

所定の位置に立てられ、あるいは柱と柱をつなぐ梁《はり》として渡された鉄骨は、ボルトで仮締めしてから、ずれや傾きを修正する。建て入れ直しという。直してから動かないようワイヤを張ることもある。

テコと歯車の力で鉄骨を少しずつ動かす、ギーチョン、ギーチョンという音が響く。

その中で次の鉄骨がまた建て込まれるのだが、どんな時でも鉄骨を運ぶルートの下は無人でなければいけない。浅田は出ずっぱりで作業に立ち会った。

「直し確認」

「OKでーす」

一日半で、といったスケジュール通りにクレーンとボルト仮締め作業が終わった時、成瀬は思わずガッツポーズを作り、松岡と握手して労をねぎらった。浅田にもハイタッチしようかと思ったくらいだった。

この後は本締め工、鍛冶《かじ》工といった専門の職人によって鉄骨同士が最終的に繋《つな》ぎ合わされ、建物の骨格になってゆく。鉄骨に関してはヤマを越えたかのようだった。まだまだ綱渡りが続くが、週末ぶっ通しでやれば月曜のコン打ちに間に合わせられる。

翌日、ボルト本締めが終わったとの連絡があり、浅田は検査に向かった。形式的と言っていい検査だ。成瀬も気にせず、ほかにいくらでもある仕事に没頭していた最中、浅田から電話が入った。

「ちょっと来ていただけますか」

柱が一本ねじれている。僅《わず》かなねじれだが、何度計っても規定を上回る数字が出てしまうと浅田は憔悴《しょうすい》した声を出した。

成瀬も自分の目で確かめた。浅田の言った通りだった。

「保証できねえって言ったよな」

松岡が決まり悪げにつぶやいた。

「昨日も、大丈夫かなってほんとは思ったんだよ。直しがあいまいなところがあったんだ。でも時間的に限界だった」

松岡を責めることはできなかった。

規定より四ミリ大きなずれ。十五階建ての建物の中ではゼロとみなしていいだろう。耐震性能にも影響しない。これからの作業に携わる職人だって、誰も気づかないだろう。

けれどオーバーはオーバーだ。このまま建てたら、どんなにほかの出来がよかろうとチェリーホテル・横浜ベイサイドは欠陥建築になる。取り壊されるまでその事実は変わらない。知っているのが一部の工事関係者だけだとしても。

いや、そんな綺麗《きれい》ごとではなかったと思う。誰がいつ喋《しゃべ》るかもしれない。バレたら成瀬は文字通りおしまいだ。クビになるだけでなく、賠償責任を負わされるだろう。最悪、請負額の二十数億に取り壊しの費用、建て替えのあいだの休業補償まで上乗せされる。人生、詰みだ。

「しょうがないよな」

浅田の返事はなかった。魂が抜けてしまったように見えた。成瀬は本締め工に話をしに行くため、足場の上をエレベーターのほうへ歩き出した。

「何がしょうがないんですか」

後ろから浅田の声がした。

「ボルトを外してもらうことさ、もちろん」

「鉄骨がずれたことは？」

「それもしょうがないな」

「工程、どうするんです」

浅田は泣きそうな目で成瀬を見つめていた。

「しょうがないんですか？」

「その件は」

今度は成瀬が言葉を失った。

「保留だ。ゆっくり考えよう」

「ずっと考え続けですよ」

超高力で締め上げられたボルトを外すのは大変な作業で、かつ外した穴の周りが傷んでしまうため補修しなければならない。建て入れ直し自体も慎重にならざるを得ず、土日の作業強行で前に進んだ分をすべて食って結局マイナス収支に終わった。

コン打ちを次の月曜へ回すほかなく、それまで宙ぶらりんになる作業も出た。要するに工程は完全に崩壊した。立て直す方法も分からなければ、どういう方向に向かうのか決めることもできなかった。

現場の空気は最悪だった。審査員がいたら世界記録が出るんじゃないかと成瀬は思った。

現場監督同士もそうだが、職人たちとの信頼関係がすっかり揺らいだ。無理に急がせたり、失敗して逆に暇を持て余させたりしたのだから当然だ。彼らを直接雇用しているサブコンは、ほかの現場と人をやりくりする予定が立てられず困っている。

ひと息入れよう、と成瀬は思った。

「次の月曜、コン打ちの後みんなで行くぞ」

夕方、事務所に全員が揃ったタイミングで成瀬は宣言した。

「行くって、どこへですか」

砂場が訊《たず》ねてきたのに「打ち上げに決まってるだろ」と答える。

コン打ちは軀体《くたい》工事の節目だ。特に柱になる鉄骨一本分、フロアにして三階分のコン打ちが終わるのは大きな区切りなので、職長たちも招いた打ち上げをすることが多い。たまたまだが次回はそれにも当たる。

年明けからのドタバタ続きと忙しさで、打ち上げなどみんなすっかり忘れていた。成瀬自身、大田がいないせいもありまったくといえるほど飲んでいない。

「でも——」

「今の状況で二、三時間を惜しんでせこせこやってもしょうがない。空気を変えたいじゃないか。ちょっと淀《よど》んできてるだろ」

ちょっとではないのだが、ともかく所長自らそう認めることで部下たちに改善の必要性を感じてもらいたかった。

にもかかわらず熊川健太が即座に「済みません、私はどうしても」と断ってきたのは、予想通りでもむっとさせられた。しかし砂場は意図を汲《く》んでくれたようだ。

「ぜひやりましょう」

浅田も「そうですね。たまには息抜きも必要ですよね」と応じた。

翌日、午前中のミーティングで職長たちに打ち上げのことを伝えた。

工事の進行につれて現場に来る職種も変化している。このごろロックウール工などの人数が増えた一方で、型枠大工は滅多に見なくなった。鉄筋工が入る機会も減ってきた。

そんな中で、工事の初めから終盤まで仕事がある左官の職長で、年齢的にも長老格の安村幸造《やすむらこうぞう》が、真っ先に参加を表明した。現場の荒れを憂えてくれているのかもと、成瀬は心強く思った。実際、安村に引っ張られるように、このごろよそよそしい態度を示しがちだった松岡を含め、他の職長も次々参加を表明した。

張り切った成瀬は自らグルメサイトで店を探した。費用も全部会社持ちにした。久しぶりだから、これくらいは経理も通してくれるだろう。

その月曜日、準備にたっぷりすぎる時間をかけたコン打ちは朝から順調に進んだ。成瀬はじいさんの散髪屋の様子を見に行った。確かに店の電気がついておらず、三色サインポールも回転を止めていた。

もっとも、これまでも客など居たためしはなかった。二、三度前を通ってみたが、待合の汚いソファでスポーツ新聞を広げるじいさんの姿があるばかりだったのだ。サインポールに唾《つば》を吐きかけたくなった。

気を取り直し、終業サイレンとともに事務所を出られるよう、今日ばかりは余裕を持って机を片付けにかかった。懐かしい感覚だった。

浅田、砂場、高塚を率いるように階段を下りて、成瀬は集合場所のゲートに向かった。三月も半ばにさしかかり、もう春まっさかりの陽気だが、それ以上に日が延びている。

サイレンを聞く前から真っ暗になった冬のあいだは、事務所の窓から外を見るたび命を削られる思いをした。花粉症は辛《つら》いけれど、春そのものの前向きな雰囲気は成瀬も好きだった。

すでに集まっていた職長たちと合流して中華街へ向かう。成瀬が選んだのは、朱雀《すざく》門に近い広東《カントン》料理の店だった。味がよく値段も手ごろとの評判で、かなり混んでいるようだったが、月曜日というのが幸いしたのだろう、十人を超す宴会を予約できた。

時間も早い。店にまだほかの客はいなかった。通されたのは二階で、畳の座敷である。このごろは中華街もチェーン店が多いようだが、個人経営の老舗《しにせ》らしい雰囲気が成瀬には気に入った。

「いい感じだねえ」

安村も喜んでいる。上座というほどでもないが奥の真ん中に座らせ、成瀬の席をその隣にした。それ以外も職人と現場監督が固まらないよう席順を決めた。

ビールが運ばれるや、砂場が腰を浮かせて一本手に取り、隣にいた鍛冶《かじ》工の職長、島田保志《しまだやすし》のグラスに近づける。続いて反対隣の職人にも酌をした。

けれど高塚は案の定だ。自分も安村とビールを注《つ》ぎ合っていた成瀬は、ぼんやり座ったままの高塚に気づいた砂場が頰を引きつらせたのを目にしてまずいと思った。怒声や説教は今日の場にまるでふさわしくない。といって高塚を放っておいても職人たちの不興を買うのは目に見えている。

「どうぞ」

浅田がフォローしてくれた。高塚の斜め前が彼女の席だが、前の職人のグラスを満たしてから「高塚くん」と声をかけた。

「お世話になってるみなさんにお礼を言わないとだめでしょ。こういう時は、君みたいな若手がまずお酒を注いで回るものなのよ」

高塚もさすがに慌ててビール瓶に手を伸ばした。

「何でも修行だな、兄ちゃん」

ロックウール工の職長、磯部正明《まさあき》がタイミングよくからかってくれて笑いが広がった。テーブルに並んでいた、クラゲや蒸し鶏、ピータンの前菜にあちこちから箸《はし》が伸びる。

「旨いね」

「さすがヤマジュウさん」

成瀬はほっと胸をなで下ろした。

その後出てきたエビチリや酢豚もおおむね好評だった。もっとも鶏のカシューナッツ炒《いた》めには「なんで乾きモノが料理に入ってんだ？」といぶかしがる職長がいたし、大半は腰を下ろすや否やタバコに火をつけていたから、どの程度味が分かるのか怪しかったが。

その気になれば毎日でも中華街に来られる職人たちだけれど、カップルや女の子のグループでごったがえしているため怖気《おじけ》づくらしい。食事をするのは初めてという者が予想以上に多くて、その意味でも喜ばれた。

酒がビールから焼酎《しょうちゅう》、ハイボール、日本酒、紹興酒とそれぞれの好みで切り替わった。

「このあいだは無理をお願いしちゃって。申し訳ありませんでした」

松岡が軽く酔ってきたのを見計らって、成瀬はそう話しかけた。

「こっちも力及ばなくってよ、悪かったと思ってんだ」

あっさり松岡は言った。打ち上げを企画した目的は順調に達成されているようだ。

「なんだかこのところは元請けさんも大変みたいだなあ」

「そうなんですよ」

すかさず成瀬は嘆いてみせる。

「とにかく人が足りなくて。なのに引き渡しだけは延ばしちゃならんの一点張りなんです、本社は」

「どこでも上は無茶言うもんだよ。それで倒れる奴が出てきて余計人繰りがキツくなるってわけだろ」

松岡は水割りの焼酎を舐《な》め「大田さん、その後どうなの？」と訊ねてきた。

「ありがとうございます。順調に回復しているみたいです」

直接には連絡が取れなくなっていることは言えなかった。

「じゃあまあよかったたな」

「だけど現場の戦力ダウンはそのままですからねえ。何せ代りに来たのがあれなんで」

成瀬のほうから言ったので、松岡も苦笑するしかないようだった。これでまた一ポイント。

ただ、高塚はあのあとまた動きが止まってしまい話の環《わ》に加わることもなかった。時々箸を動かすほかぽつねんとしている。そんな彼が砂場に怒鳴られる前に、料理が出たら取り分けて人に回せ、酒がなくなったグラスに目を光らせろと指示しているのはやはり浅田だ。もっとも高塚が動くのは言われた直後だけで、こいつは本当に手強《てごわ》いと感心すらさせられる。彼の話には深入りしないほうがいいかもしれない。

「橘《たちばな》建業さんなんかは、働き方改革ってどうなってます？」

「ああ、残業しちゃいけないとかってやつ」

松岡はうなずきつつ「法律変わって、合わせなきゃいけないところもあるみたいだけど、うちら夜は基本仕事しないから」と言った。

「しかし元請けさんは、夜も遅いわな」

「おっしゃる通り。だからえらいことになってるんです」

成瀬は先月からの出来事を詳しく語った。

「ここだけの話なんですけど、よその現場に労基の査察が入ったみたいでしてね」

会社は必死に隠しているのだろうが、成瀬は人に話したい気持ちを抑えられなかった。秘密めかして声を潜めたのがかえって注意を引いたようで、ほかの職人たちも身を乗り出してきた。

「パソコンの電源入れたら分かっちゃう?」

一人が目を丸くした。

「そこまでするもんかね」

「役所に睨《にら》まれたら、しょうがないだろ」

「切ない話だねえ」

「役所ってのは、思いつきをすぐ民間に押し付けてくるからな」

機を逃さず、成瀬は「しわ寄せは弱いところへ来るんですよ」と言った。

「ヤマジュウさんが弱かったら、うちなんかどうなるのよ」

松岡が反論するのも「とんでもないです。みなさんあっての元請けです。うちだけじゃなあんにもできません」と持ち上げつつ切り返した。

「その弱い会社の中で、また虐げられてるのが工事部なんです。一番働いてるんですがね」

「分かるな。仕事してねえ奴に限って偉そうにふんぞり返っててな」

「でしょう?　労務なんかほんと腹立ちますよ。うちの労務の、働き方改革担当っていうのがまた、これっぽっちも可愛げのないおばはんでしてね」

所長たちが集められた説明会での模様を、吉野佳代子の声真似を交じえて成瀬は再現し、職長たちの笑いをとった。

「いやーそこいくとしのぶちゃんは素晴らしいよな」

浅田は離れたところにいたが、耳ざとくしゃみをしてみせた。

「どなたか私のこと、噂されました?」

成瀬たちの輪に入ってきて手際よく職長たちの酒を作る。

「女っぽいよ。時々怖い時もあるけど」

「なんてったって美人だもん。ちょっとトウが立ちかかってるけど」

「持ち上げるフリして、ナントカだけどって落とすのやめてもらえません?」

また座が沸く。砂場も彼なりに頑張って宴《うたげ》を盛り上げるうち、料理もシメのチャーハンになった。杏仁豆腐《あんにんどうふ》に手を付けたのは職長たちの半分足らずで、大方はさらに飲む気満々だ。

成瀬は、やはり席をあらかじめ確保しておいたスナックへみなを案内した。こちらはかなり前だが一度打ち上げで使った店だった。本当に憶《おぼ》えているのかどうか怪しいが、ママは職長たちに「しばらくー」と愛嬌《あいきょう》を振りまいた。

だがほかに二人いた女の子を含めても、職長たちの人気は浅田のほうが高い。デュエットの指名が続き、店の女の子の手が回らない時はここでも水割りを作って席の温まる暇もない。

中でも浅田を放そうとしないのが安村だ。一次会では立場上成瀬にくっつけられたが、今度はしっかり浅田の隣を確保し、デュエットもすでに二曲に及んでいる。

六十を越えているはずだから、歳より若く見える浅田と並ぶと親子と見られてまったくおかしくない。しかし安村は大胆に浅田の肩に手を回した。日ごろは歳なりに穏やかで長老然とした佇《たたず》まいだが、酒が入ると崩れる傾向がある。

「しのぶちゃん」

口調もでれっとしてきた安村に、浅田は変わらない笑顔で応《こた》えた。そのすぐ前を安村が吐き出した煙が流れてゆく。

「結婚しねえのかね、しのぶちゃんは」

「幸造さん、それ何回訊《き》いてんだよ」

苦笑しながらほかの職長が割り込んできたが、安村は取り合わない。

「大事な話は何回でも訊くんだ」

「前にお話しした通りですけど、いい人が見つからないんですよ」

「にゃに、いい人？」

声を大きくした安村の後から、また別の職長が「砂場とかだめなの」といたずらっぼく言った。

「あいつ独身だろ?」

「私みたいなおばさんじゃ砂場くんが可哀想ですよ」

「どうだい砂ちゃん」

砂場は矢が飛んでくると読んでいたのだろう、「俺みたいなポンコツじゃ浅田さんこそ気の毒ですって」と如才なく返した。

「何だよ砂ちゃん、彼女いんのかよ」

「いませんよそんなもの。毎日朝から晩まで現場でどうやって彼女作れっていうんですか」

「じゃあ構わないじゃないか」

「だから」

「じれってえなあ」

そんなやりとりを経て、話はさっきの続きに戻った。

「砂ちゃんはともかくさ、最近は年上妻、流行《はや》りじゃん。十、二十上だってあるだろ」

「フランスの大統領だっけ、高校の時の先生と結婚してんだよな。二十五くらい離れてんの」

何人かがへえ、と驚いたふうに声を漏らす。

「じゃあガキもいねえのか。できねえって分かって結婚したってこと？」

「なんだろうな」

「分っかんねえな、その気持ちは」

「でもしのぶちゃんはまだ大丈夫だよ。ぎりぎりに近づいてきてるかもしんないけど」

「限界ってどれくらいだ」

「四十六、七じゃねえの」

「そりゃ前にも産んでる場合だろ。初産だとせいぜい四十ちょい過ぎだよ」

職人たちは気持ちいいほどはばかりがない。

「じゃあ私、まだ五年くらいは」

浅田も平然と応対した。現場監督などというものを長年やっていれば当たり前かもしれないが、やはり大したものだと成瀬は思う。

どうしても高塚と比べたくなる。世代の違いだけではあるまい。

十年くらい前から、何事にも積極性に乏しい、いわゆる草食系の若者が目立つようになったのは事実だ。成瀬が一緒に仕事をした中にも実例を挙げられる。しかし高塚ほどひどくはなかった。言われたことしかしなくてもやる分には要領がいいとか、がつがつしない分周りを和ませるとか、何かしらの取柄はあった。

みながみな草食系というわけでもない。砂場だってまだ二十代である。女性関係はともかく仕事への貪欲《どんよく》さは文句なしだ。

浅田と砂場、古風な現場監督同士ひょっとすると似合ってるのかもしれない。いままで思いもしなかったが、そんな気がしてきた。

だとすると二人が一緒に深夜事務所にいるのはますますヤバい。高塚がいてくれてよかったとなるのだろうか。いや、仕事を終えてデートにいけない環境がおかしいのだ。その観点からは確かに残業規制も必要だ。ただ、残業を減らしても仕事が回る環境をまず整えてもらわなければ話にならない。

何を考えても結局はその問題に行きついてしまう。一方で、働き方改革などということを考えてやるのも馬鹿々々しいような使えない人間がいることも、厳然たる事実として突き付けられる。

今も高塚はある意味、浅田と並ぶ座の中心になっている。

「おう、高塚くん。飲めよ」

グラスに、どぼどぼと焼酎《しょうちゅう》が注《つ》がれ、高塚の手に押し付けられる。

「勉強ばっかりできても駄目だぞ、これくらいの酒飲めねえと」

「頑張らないと、所長さんまで出世できんぞ」

実は高塚は、中華料理屋が終わったあと「僕はこれで」と一行から別れるそぶりを見せたのだった。砂場が大目玉を食らわせたのは言うまでもないが、そのあいだすら高塚は「今日早く帰らなかったらいつ帰れるんですか」「もう十分じゃないですか」などと抵抗を示したらしい。

「つべこべ言ってんじゃねえ！」

一喝されてしぶしぶスナックに付いてきた高塚だが、その様子を見ていた職長たちも「教育」にひと肌脱ごうと考えたのは自然な流れだった。

高塚が、わずかに口をつけたグラスをテーブルに戻したとたんまた声が飛ぶ。

「全然減ってないよ」

「景気悪いぜ」

「〜今日のお酒が飲めるのは、高塚君のお蔭《かげ》です」

このごろ滅多に聞かれなくなったイッキコールがかかって、ほかのテーブルの客がこちらを見る。

「お酒の強要は社会的問題になってますよ。死んじゃったニュースもあるじゃないですか」

「強要だとお？」

お決まりのパターンである。結局高塚は少しずつ飲まされ、やっとグラスを空にして「よし」と言ってもらえたが、解放されたわけではなかった。

「何か歌えよ、先生」

「歌、下手なんで」

「よく聴いてるじゃねえかよ。イヤホンつけて幸せそうにほけーとしてるだろ」

高塚はたじろぎつつ、なお「聴くだけですから」などと言い返す。頑《かたく》なと言うべきか、成長しなさぶりはある意味大したものだ。

長い時間をかけて高塚が選んだ曲は、成瀬の知らない、ということは職長たちには絶対に馴染《なじ》みのない、いかにも新しそうな曲だった。ひょっとしたら上手《うま》いのかもと思ったが、本人の言葉に偽りはなかった。淡々と歌詞とメロディーを追うだけで、エモーションがまったく伝わってこない。てんでのおしゃべりが始まった中、ひっそりと高塚はマイクを置いた。

高塚の姿が見えないのに成瀬が気づいたのは、三十分ほどしてからだった。浅田も砂場も、高塚の動きを把握していなかった。浅田はデュエットに忙しかった。「いじられもしなくなってたんで——注意するのも馬鹿らしくなっちゃいまして」と砂場は言った。

「まさか帰った？」

職長たちの一人も「そういえば、大分前にしれっと立ってっちゃったぜ」と証言した。けれど高塚のコートとマフラーはハンガーにかかったままだ。

「トイレで吐いてる?」

「長すぎるんじゃないですか」

さっきも誰かがトイレに立った。吐いてるなら気づきそうなものだ。それでも一応と覗《のぞ》きにいった砂場の声がすぐ聞こえてきた。

「お前、何してんだ」

ほどなく血色を失った高塚が、砂場に支えられて現れ、さっきいたテーブルの端にのろのろ戻った。

「吐きそうになったらすぐ吐けるよう、トイレの手前にうずくまってたそうです」

呆《あき》れたように報告した成瀬は「でもそれ以上に、連れ戻されないよう隠れてたんじゃないですかね」と付け加えた。叫び声が上がったのはその時だった。

目を覆いたくなる光景だった。高塚がテーブルの上に反吐《へど》をぶちまけている。それでも砂場と浅田はそちらへ向かった。

砂場が、逃げまどう職長たちを安全な場所へ誘導する。

「すみません、拭《ふ》くものありますか。できるだけたくさん」

浅田は女の子たちから受け取ったおしぼりで反吐の広がりを食い止めた。

「砂場くん、高塚くんをトイレに」

「何で戻ってきてから吐くんだよ」

「もう大丈夫です」

力ないつぶやきは無視され、高塚は引きずられていった。

「俺、帰るわ」

松岡が大きな声で言った。

「大丈夫ですよ。まだ時間も早いし」

成瀬はすがるように安村を見た。安村は今の騒動から離れた場所にいたせいもあり、でんと座っているように見えた。しかしその口からは何も発せられない。目も半分閉じられている。浅田が離れていってがっかりしたのか、ただ騒動に係《かかわ》りたくなかったのか。あるいは、一番ありそうだったけれども眠くなったのか。

ほかの職長たちも松岡に続いた。

「じゃあな」

「ごっそさん」とか「お世話さんでした」くらいの言葉をかける礼儀はたいていの職長が示したけれど、それすらない者も何人かいた。

成瀬は力を振り絞ってママとほかの客に詫《わ》びを述べた。勘定は思ったより高かった。ボトルがたくさん入ったからか。その酒が高塚の胃を経由してテーブルにぶちまけられたと思うと徒労感に襲われた。迷惑料をつけられた可能性もあった。下ろしてきた金で何とか払って領収証を貰《もら》ったが、通せるのか今更ながら心配になった。

「俺たちもとにかく出よう」

「そうですね」

店の外は、夕方現場を離れた時に比べて風が強まっていた。このごろ浅田がよく着ているスプリングコートの裾《すそ》がばたばたはためく。

「お疲れさん。明日からまた頑張ろう」

精一杯明るく言って、成瀬は関内駅のほうへ歩き出した。

浅田が並びかけてきたのでぎょっとした。振り返ると、砂場も高塚を半ば負ぶうようにしてついてきている。

「お前ら、地下鉄じゃないのか？」

「現場にちょっと」

軽い調子で浅田に言われてびっくりした。「これから？」

浅田は答えなかったが、微笑んですたすた歩き続ける。

「今日はいいよ。帰れよ」

「やっぱり時間までには終えられなくて」

「今からパソコン使ったら、飲んでた時間もつけられちゃうぞ」

「自分の持ってきたんで。報告書の文案とか、普通のワードでできることもありますから」

あとから社用パソコンにデータを移すということか。できなくはないにしても、無駄な手間がかかる。

「お前もか」

「浅田さんが仕事するのに、俺だけ帰るわけにいかないじゃないですか」

「私が仕事遅いからだって。気にしないで」

「とんでもないです。自分こそ要領悪くて、迷惑かけて申し訳ないです」

成瀬が反対したところで二人は事務所に戻るだろう。

「管理職が頑張るのが筋だろうがな。俺には気力がない。帰らせてもらうが勘弁してくれ」

「気にしないで下さい。無理できる御歳じゃないんですから」

「あっ砂場。俺を年寄り扱いしたな」

辛うじてふざけて見せながら、成瀬はこみあげるものを感じた。折よく花粉がくしゃみを催させてくれたので、洟《はな》をかんだせいのようにごまかすことができた。花粉症に感謝したのは初めてだ。

取り繕いついでに、高塚を顎《あご》でしゃくって「どうすんだ」と訊《たず》ねる。

「ソファに寝かせときますよ」

砂場に続けて浅田が言う。

「いざとなったら寝袋もありますし——あ、余計なこと言っちゃった」

「聞かなかったことにしといてやるよ。ただそんな上等なもの、使わせなくていいぞ。中にゲロ吐かれるかもしれないしな。寒そうだったらブルーシートでもかけとけ。あと——」

「何です？」

浅田の視線を外して成瀬はつぶやいた。

「くれぐれも間違いは犯すなよ」

「数字はいつも確かめてますって」

「違うよ。ほら、そいつが」

成瀬はもう一度高塚に顎をしゃくった。

「どれだけ正体なくしてても話だ。誰かにも言われてたじゃないか」

「真に受けないで下さいよぉ」

浅田が成瀬の背中を叩《たた》く。思った以上に強かったのが、推測に根拠を与えるように成瀬には思えた。

## 7

翌朝、成瀬和正は少しだけ元気を取り戻していた。いつもより若干ではあるが長く布団にいられたせいもあるだろう。家を出ていつものルートで現場へ向かう。関内駅の改札をくぐり、横浜公園を横切りながら、嫌な事は考えないよう努めた。なるようになる。工事を続けていればいつか完成するだろう。遅れてもめ事になるならそれはその時だ。命まで取られはすまい。実際そう思えてきた。人間、暗いことだけ考えていられるほどメンタルは強くない。

さあ、あいつらはどうなったろう。徹夜したのか。少しは寝たのか。いずれにしても高いところへ行くなら用心しろと言ってやらねばなるまい。

思いついて通り道のカフェでコーヒーとサンドイッチをテイクアウトした。二人前でいいようなものだが一応三人前だ。その紙袋を提げて現場に着く。

昨日飲んだ職長の一人に会った。成瀬を見ると笑いかけて「楽しかったですよ。お世話になっちゃったな」と大きな声で言った。ますます気分がよくなった。

プレハブに入って階段を上る途中、いきなり砂場良智の怒声が聞こえてきたが、それさえ朝から元気のいいことと思えて口元がほころんだ。高塚宏も、怒鳴られるようなことを言うかしでかす程度には復活したのだろう。

しかし言葉が聞き取れるようになって想像と少し違うようなのに気づいた。

「一日くらいやりくりつけられないいんですか？　おかしいでしょ。自分はともかく浅田さんがここまでやってんですよ」

砂場が高塚にですますで話すわけはない。足を速めてドアを開けた成瀬が見たのは、砂場が熊川健太に詰め寄っているところだった。

「私には私の判断があるから」

いつもの冷静な調子で熊川が答える。砂場はついに相手の胸倉に手を伸ばした。浅田があいだに入ろうとするが、砂場はもう一方の手で遮った。

「今日ばっかりは浅田さんに止められてもだめです。浅田さんがどんなに一生懸命仕事してたか、この人は絶対分かってませんよ。好きな奴が勝手に飲んでるくらいに思ってるんでしょ。高塚と一緒ですよ」

「私は──」

熊川は何か言おうとしたが、砂場が力任せに壁に押し付けてくるので声が出ない。

「やめろ」

成瀬は砂場の背中に抱き着いた。

「所長、放っといてください」

「放っとけないよ」

浅田も改めて助っ人《と》に来てくれて、やっと二人を引き離した。勢い余って成瀬は砂場もろともひっくり返った。床に激突した腰から頭に衝撃が走る。思わず声が出た。

「大丈夫ですか」

上に乗っかる格好になった砂場が慌てて成瀬の腕をつかんで起こした。

「大丈夫じゃねえよ」

「済みません」

「俺のことはいいけど」

言うあいだもずきずきした痛みが襲ってきたが必死にこらえる。

「熊川を絞めあげて何がどうなるものじゃないだろ」

気持ちは分からないでもないがと付け加えたくなったが、これも我慢である。だが、熊川がさっきの続きを主張しようとしたのも成瀬は制止した。

「お前も何も言うな」

さっきまでの明るい気分を懐かしみつつ成瀬は言った。

「面倒を増やさないでくれ。でなくてもうちはえらいことになってるんだ」

「はい」

砂場が俯《うつむ》く。

「よし。朝礼が始まるぞ。遅れちゃまずい。あいつも」

しかし高塚が寝ていると思ったソファは空っぽだった。

「あれ、どこ行ったんだろ」

砂場もきょろきょろしている。

「またトイレか？　へばったままなのか？」

「いや、さっきまで割と普通にしてたんです。あいつのことだから、ぼーっと俺のやること見てただけですけど」

念のためにトイレを確認したがいなかった。会議室、ロッカールーム、どこにも姿がない。それでも先に朝礼場に行ったのだろうとさほどは気に留めなかった。人と一緒にいるのが不得手な高塚には時々あることだった。もちろん職人と交流するわけでなく、仮囲いにへばりつくようにぽつねんとしているだけだが。

朝礼会場にも見つからない、となってさすがに普通ではないとみな思った。成瀬がまっさきに考えたのは、ついに逃げ出したかということだ。

ヤマジュウであったかどうか聞いていないが、突然会社に来なくなる若いサラリーマンが増えているらしい。上司、同僚とそれ以上顔を合わせたくないニーズに応《こた》えて、退社の交渉や手続きを代行する会社まで登場したなんてニュースをこのあいだ見た。

「いいですよ、あんな奴。どこにでも行っちまえばいいんだ」

砂場がやけっぱちのようにつぶやく。そのほうが助かるのは本当だが――。

ラジオ体操の音楽が流れ始めてしまった。成瀬はとりあえず身体を動かしながら現場のあちこちに視線を走らせた。

そばに安村幸造がいた。安村くらいになると、体操の手の抜き方も堂に入ったもので、曲げてはいけないところが大きく曲がり、曲げるべきところは伸ばしたまま、身体に負担をかけないことを第一にしているように見える。

ある意味正しい体操の仕方なのかもしれない。少なくとも安村はいたって元気だ。何十キロもある壁材の袋を軽々と担ぎ上げるし、土間の仕上げで長時間屈《かが》みこんでも平気だ。スピードだって若い者にひけを取らない。ベテラン職人にはやはり「腐っても」と思わせられるところがある。

「おはようさん、所長。あれからどっか行ったの？」

「そんな元気ありませんよ」

成瀬はまさかと思いながら逆に訊ねた。

「行ったんですか？」

「ああ、荻野がいいとこ知ってるってな。ほんとに若い子がたくさんおったぞ」

眠そうに見えたのに。エネルギーをどこに隠していたのか。

しかしそれ以上に成瀬は、高塚が気になりだしていた。気がそぞろなのが安村にも分かったようだ。はぐらかしていた成瀬だが、繰り返し尋ねられて実は、と事情を説明した。

「ゲロ吐き兄ちゃんか」

「そうなんですよ」

「さっき見たぞ」

「えっ、どこにいました？」

「あっちに歩いていったな」

成瀬は腕を音楽に合わせて回しながら安村が顎《あご》をしゃくったほうに目をやった。途中まで防音シートで覆われ、上に裸の鉄骨が突き出た巨大な構造物が視線を遮る。シートのすきまから、奥の作業用エレベーターも見えた。

まさか点検に行ったわけではあるまい。朝礼直前にやることではない。

はっとした。

「あいつ、何着てました？」

「昨日と同じ背広だったと思うよ。シャツがズボンからはみ出しとったぞ。ちょっとゲロ臭かったかもな」

最後まで聞かず、成瀬は軀体《くたい》の上部に目を走らせた。職人の一人から「あ」と声が上がったのはほぼ同時だった。

「あそこにいるの、誰だ？」

朝礼場の者たちが一斉にそちらを見上げた。朝日のまぶしさをかざした手で防ぎながら目を凝らしている。

作業用エレベーターが使えるのは今のところ五階までで、その先は鉄骨に仮設されたはしごを上ることになる。そのはしごに人影が一つ、はりついていた。

「高塚ですよ」

成瀬の一番近くにいた熊川が寄ってきて言った。

「そこで何してる!!」

絶叫したのは砂場だ。人影はびくりと動きを停めたが、すぐまた速度を増して上り始めた。安村が言った通りの格好で、もちろん安全帯など着けていない。

「馬鹿。早く下りてこい！」

高塚は無視した。途中の鉄骨接合部に設けられた足場も通り越してゆく。

「どうしようってんだ」

砂場が駆けだした。職人たちがざわつく。

「待て、俺も行く」

成瀬は熊川にラジオ体操の音楽を止めさせ、手招きした浅田にも、職人たちを待たせておくよう指示した。音楽が消えると残ったざわめきがぐんと大きくなった。

「まさか——」

浅田がつぶやいたが、あとの言葉は口にするのをためらうように呑《の》み込んだ。浅田以上に自分を納得させるために、成瀬は「そんな根性はあいつにないさ」と言った。

成瀬は一度だけ死亡事故を経験していた。足場からの転落、確か六階からだった。現場監督になって五年目のことだが、しばらく食事がのどを通らなかった。いかに高塚でも、あんなふうになるところは想像したくない。なのに何度振り払ってもその光景が頭に浮かぶ。やたらに唾《つば》が出た。

七階を過ぎた高塚は、現段階で一番高い八階の梁《はり》に近づきつつあった。鉄骨の上り下りも一向に上達しない高塚だが、今日はいつも以上にはしごの横木をつかんでは足を引き上げる動作が危なっかしい。上着と、今や完全にズボンから飛び出したシャツの裾《すそ》が激しくはためく。あの高さですでに、風は地表よりかなり強いのだ。

一応、各階の床になる部分には、人や物が落ちた時に備えてネットが張ってある。しかし外に向けて飛ばれたらどうにもならない。

「下でネットを持ってましょう。七、八人でなら受け止められるんじゃないでしょうか。少なくとも衝撃を和らげられます」

熊川の提案を、成瀬は「頼む」と受け入れた。

「ネットをあるだけ出してくれ。ネットの数だけ班を作って、軀体の周りを取り囲んでほしい。高塚がおかしな動きをしたらすぐ下に入れるように」

ネットが用意されてから成瀬は砂場とエレベーターに近づいた。二人の動きが高塚を刺激するのを恐れたからだ。高塚は鉄骨を上りながらこちらをちらちら見ていた。

躯体の中に入ると高塚の様子がかえって確認しづらい。成瀬はスマホをつなぎっぱなしにして浅田に実況中継してもらった。

「梁の上に出ようとしてるみたいです」

つながった途端そう聞かされて成瀬は頭を抱えたくなった。最悪だ。

作業用のエレベーターにはドアも何もない。五階に到達するのももどかしく飛び降りて、高塚が上っていた鉄骨の方向へ向かう。しかし五階にもまだ床はない。型枠を兼ねるデッキプレートが張られ、一部には床用の鉄筋であるワイヤメッシュも敷き込まれている。もちろん乗っても大丈夫だが、梁の上のほうが動きやすい。

両側に何もなかったら——。

考えるだけで足がすくむ。

「梁に乗ったところでうずくまってます。さすがに怖くなったのかな——」

スマホから中継が流れてきてややほっとしたのもつかの間、浅田の声が上ずった。

「支柱をつかんで立とうとしてます。あ」

「どうした」

「よろめいたみたいだったんです。真っすぐ立つのは難しそうですけど――中腰で親綱伝いに進んでます」

「どっちに」

浅田は一瞬沈黙した。

「外壁側です」

「どっちのだ」

「南向きの」

スマホをいったんポケットに突っ込んだ成瀬は、自分が先になってはしごにとりついた。高塚にとっては成瀬のほうが砂場よりまだ気を許せる存在のはずだ。命綱のフックを安全帯につなぐ。二人とも朝礼の後上に行くつもりだったから、作業服に安全帯までつけていた。

六階の足場は通過したが、七階で一度スマホを出して高塚の位置を確かめた。

「どうなった」

「梁一つ、渡り終わりました。まだ先に行くつもりなんでしょうか――あ、柱を回り込みました」

ネットのない外壁部まで行かれたらヤバい。成瀬は急いだ。ほどなく鉄骨の最上部に着いた。まず頭だけ出して高塚を探す。

高塚は浅田が伝えてきたより少し進み、梁の上に七、八十センチ飛び出した柱の向こうで次の梁を渡り始めていた。その先の柱はもう外壁の一部だ。

高塚は足元に気をとられるようでこちらを見ていない。迷ったけれど、成瀬は呼びかけることにした。

「高塚」

できるだけ穏やかな調子を心がけた。高塚は一瞬固まったようだったが、振り返りもせず再び進み続けた。

何を言えばいいのだろう。こんな経験はしたことがない。とにかく止めなければ。

成瀬は身体を全部引き上げた。梁には仮設の支柱が立てられ、ワイヤの親綱が張ってある。安全帯をそちらに掛け替えて梁の上を歩き出す。

高塚よりは速いつもりだが、普段もここまでは滅多に上らない。一階下にネットがあると分かっているが、足がすくむのをどうにもできない。視線を前に固定してどうにか足を運んだ。

支柱まで来る度安全帯を掛け替える。その手間もあり高塚との差は思うように縮まらなかった。最初の柱に達した時、高塚はすでに外壁部まで二メートルほどの位置にいた。もう追いつくのは難しい。

「高塚」

再び呼びかけた。高塚がやっとこちらを向いた。その顔は今にも泣き出しそうだ。

「来ないで下さい！」

絶叫といっていいくらいの、高塚が出したことに驚かされるような声だった。

「じゃあ戻ってくれ」

「嫌です」

「だったら俺が行くしかない」

「近づいたら、そこから」

両手で親綱をつかんだまま、高塚は躯体の端を顎《あご》でしゃくった。

「飛び降ります」

成瀬の心臓が激しく打ち始めた。

「行かなかったら飛び降りないのか」

「そのうち飛び降ります。決心がついたら」

「どっちみち飛び降りるのか」

「そうです」

「どうしてだ」

後ろで鉄骨を踏む安全靴の音がした。砂場が我慢しきれずやってきたのだ。高塚の顔色が変わるのが分かった。

「どうしてもです」

「俺のせいなのか？」

砂場が怒鳴るのを、成瀬は「やめろ。お前は今何も言うな」と制した。

十秒かそこら、三人は無言だった。風がまた高塚の上着とシャツの裾を揺らした。

「僕は仕事できませんから」

高塚はつぶやくように言った。

「生きててもしょうがないですよ。みなさんもそう思ってるんでしょう？　勝手にさせてください」

また砂場が叫ぶ。

「馬鹿野郎。お前が死ぬのは勝手でも、それでどんだけ迷惑がかかると思ってんだ！」

「お前は黙ってろ！」

成瀬は高塚に訴えた。

「命は尊いものだぞ。君はどう思ってるか知らないが、悲しむ人がいっぱいいる」

言いながら成瀬は少しだけ柱の前に出たのだが、高塚はいつになく目ざとかった。

「来ないでくださいっていいましたよね」

「すまん、しかし――」

「もう何も話しません」

高塚は成瀬たちに背中を向けた。もうそろりもゆっくりもない。成瀬も柱の反対側に出た。必死で高塚を追う。下からどよめきが聞こえたが、長くは続かなかった。すぐに高塚が外壁部に到達したからだ。成瀬はまだ四、五メートル手前だ。

後ろで砂場の声が聞こえた。

「警察？」

高塚に言っているのではない。成瀬にでもない。

「そりゃ説得なんかもプロなのかもしれませんけど」

浅田と電話でしゃべっているのだと気づいた。成瀬がスマホを手にできる状態でないため、砂場にかけ直したのだろう。

「だめだ！」

反射的に成瀬は叫んでいた。

まったく忘れていたが、もっともな提案だった。地上での救護策にもプロならではのものがあるかもしれない。そっちは消防か。どちらにしても、自分たちだけで考えるよりずっといいだろう。

しかしそうなるとことが公にさらされる。テレビなどに出るかもしれない。当然労基署の知るところになる。今日のことを調べられたら違法残業もバレる。結び付けられたらどうなる？　いやきっとそうなるだろうが、会社に致命的なイメージダウンをもたらすのは確実だ。

「警察も消防もいい。俺がなんとかする」

「でも――」

「いいったらいい」

己の責任の重さに成瀬は身震いした。そのプレッシャーは、足元の不安よりはるかに大きかった。

高塚と自分たちは今、外からまる見えだ。通勤の人通りもそろそろ増えつつある。通常の作業と見えるかもしれないが、いずれ異変に気付かれるだろう。それこそ警察に通報されるかもしれない。さっき高塚が叫んだのは聞こえていないだろうか？　もう一度大声がしたら？

「高塚、じっとしてろよ」

成瀬は進み始めた。

「来ないでください！」

金切り声が耳に突き刺さる。

「静かにしろ」

こちらの声も高くなりそうなのを気づいて抑える。

「来ないでって言ってるじゃないですか！」

成瀬はかっとなった。

「手間をかけさせるな。今行くから、おとなしく待ってろ」

ひと足、もうひと足。高塚はこちらを睨《にら》んでいるものの動かない。

飛び降りる勇気なんか、こいつにあるわけがない。

ちらと視線を地表へ走らせる。躯体《くたい》の端近くまで来たせいで、少し離れたところからこちらを見上げている職人たちは鉄骨に邪魔されず目に入った。心配もしているのだろうが、どちらかといえば興味津々というふうに成瀬の目には映った。

高塚は彼らの仲間ではない。おもちゃだ。潰《つぶ》れたトマトみたいになるのを見たくはないにしても、生死自体に大した感情は動かさないだろう。

そして成瀬のことも仲間とは思っていまい。雇い主側の人間だ。ヤマジュウが潰れたって平気だろう。職人は超売り手市場、仕事ならいくらでもある。

息を大きく吸い込んで成瀬はまた進んだ。

「来るな」

大丈夫、高塚は金縛りにあったように小刻みに身体を震わせているだけだ。あと支柱二つ。次の支柱を越えれば、高塚に手が届く。慎重に安全帯を掛け直し、足を運んで手を伸ばす。

「さあ」

いやいやをするように身体を後ろに反らした高塚がバランスを崩した。親綱をつかんでいた手ももぎ離される。あっと言う間もなく高塚は成瀬の視界から消えていた。

「高塚！」

幸いなことに、その身体は七階のネットにぎりぎりで引っかかり、ネットの中央部、つまり安全なほうへ転がった。高塚はすぐにもぞもぞ動き出した。

下からざわめきが聞こえた。それまでもいろんな声が上がっていたに違いないが、成瀬の耳には入らなかったのだ。振り返るとすでに砂場がはしごへ向かっていた。下でもエレベーターに走り寄る人の姿が見えた。

上半身を起こしてきょろきょろしている高塚に、成瀬は「動くなよ」と声をかけた。はっと高塚が顔を上げる。

「今、助けが来る」

しかし高塚は猛然とネット上を這《は》いずりだした。

「どこへ行く？」

砂場の姿が七階の奥に見えた。砂場も「やめろ！」と叫んだ。

高塚はどんどん這い進み、落ちた地点を過ぎて梁《はり》に身体を乗せた。下のざわめきが調子を変えながら大きくなる。

立ち上がった高塚が一階上の成瀬をもう一度見た。薄笑いを浮かべたような気がした。懸命に近づいてくる砂場にも視線をくれてから、高塚は万歳の姿勢になり、軀体の外側に倒れ込むように飛び降りた。

8

落ちる途中、突き出したワイヤにでも引っかかったのか、四階の梁に高塚宏の背広がぶら下がって幽霊船の旗みたいに翻った。

その真下の一点に人々の視線が注がれた。高塚は仕上げ前のコンクリートの床でうつぶせに横たわっている。しかし血は、少なくともぱっと見で分かるほどには流れていない。関節が変なふうに曲がってもいない。

正確に言うと、高塚とコンクリートの間には緑色のネットが挟まっていた。もともとは一辺が十メートルを優に超す大きさだが、四つに畳まれている。四隅と各辺のしかるべき位置には、体格のいい職人たちが何人かはまだネットを握りしめたまま立っていた。

高塚が八階の端に来た段階から、一番近くに配置されていた彼らはネットを広げて備えていた。七階でことが収束かと思われ、いったんチームも解散しかかったが、熊川健太は「降ろされてくるまで一応待機してください」と指示を出した。神経質にも思える性格が、今日は役立ったのだ。

上着が引っかかっただけで、高塚の身体は軀体と強く接触した様子もなく落ちてきた。それを十人を超す力で張ったネットが受け止めた。

「高塚」

「高塚くん！」

熊川と浅田しのぶが駆け寄ったが高塚に触れていいのか分からない。ネットはきちんと機能したようだったけれど、何しろ七階からだし、その瞬間のたわみで地面に当たったとも見えた。浅田は一歩手前で立ち止まり、傍らにしゃがんで下向きになった高塚の顔をのぞき込んだ。

高塚が寝返りをうつように身体の向きを変えたのはその時だった。

「高塚くん！　大丈夫なの？　何ともない？」

高塚本人が一番訳が分からない様子だった。あお向けのまま、首だけ動かして自分の身体を観察し、ついでゆっくり両手を顔の前に持ってきた。

「助かったのよ、高塚くん」

「どうしてですか？」

ぼんやりした口調で訊《たず》ねる高塚の顔は、魂が抜けたようだった、というようなことを、成瀬和正は浅田はじめ居合わせた人々から聞いて知ったのである。

砂場良智とほぼ同時に五階のエレベーター乗り場に着いた成瀬は、降りてしまったエレベーターを苛々《いらいら》しながら待ち、一階に出ると猛ダッシュして高塚の落ちた地点に向かった。彼らが見たのは、立ち上がって、熊川に手足を順に曲げ伸ばしさせられている高塚だった。

成瀬たちに気づいた熊川が近づいてきた。「骨は折れてません。受け止める時、身体がほぼ横になってましたからうまく衝撃を分散できたんだと思います。躯体でこすったか、床に当たったのか分かりませんが、手の甲にすり傷があります。それくらいですね」

成瀬はへたりこみそうになるのを太ももに手をついてこらえた。鼻が激しくむずむずしてきて、七、八発、盛大にやらかしてもまだ止まらなかった。風の強いところにいたのに、今まではまったく感じなかった。緊張は花粉症さえ抑え込むらしい。身体ってよくできてるんだな、なんて場違いな感慨が浮かんだ。

「ありがとうございました。感謝します」

そこにいた全員へ向けて頭を下げた成瀬に、熊川はささやいた。

「まだ興奮が続いていると思うので、そっとしておきましょう。見張っている必要はあると思いますが」

「そうだな」

成瀬は低くつぶやき「頼んでいいか」と熊川に言った。

「分かりました。しかし――」

熊川は成瀬の目を見た。その先どうするつもりなのかと訊ねているのは言葉にされなくても分かった。

「怪我がないなら内輪ですむだろう」

「本人がそれを望んでいないとしたら?」

「そのへんはいろいろあるさ」

会社にも知らせずにおく選択肢はあるか、成瀬は考えた。だが結論はすぐに出た。一人でしょい込むのは重すぎる。

「俺は報告を入れてくる」

「自分のせいですか?」

大きな声がした。砂場は高塚のそばに行くこともはばかって、離れたところから見ていた。成瀬は砂場に歩み寄って肩を叩《たた》いた。

「お前のことをどうこう言わせない。動揺するのは無理ないが、これまで通りに仕事してくれ――」

ついで浅田を呼び、用意させたネットを職人たちに片付けてもらうこと、中断した朝礼を再開して作業にかからせることを指示した。浅田が小走りに去ると成瀬はプレハブに向かったが、途中、騒ぎに気づいて近藤治美も外に出ていたのを見つけた。

「近藤さんにまで心配かけてすまないな」

笑いかけようとしたが笑えなかった。

「無事だったよ、ありがたいことに。何でもないとも言えないけどな」

工事部次長、伊藤征治の反応ははじめ、唾《つば》が受話器から飛んでくるのではと思うくらい激しかった。

「まーたお前んとこか！」

怪我はほとんどなかったと伝えても一向におさまらない。

「ろくでもない奴にも気い遣わなあかんのがこのごろのスタンダードちゅうもんやないか。せやからどっこも引き取るの嫌がりよったんや。分かるやろうが」

そんなのを押し付けるなよという話だが、今伊藤と争う気力はなかった。とにかく守り抜いた切り札を成瀬は早々にさらした。

「警察にも消防にも今のところ世話になってませんので」

切り札の威力は想像以上だった。伊藤の態度が一転した。

「それはよ言えや」

あからさまにほっとしながら、なお情報漏れの心配をする伊藤に、成瀬はサブコンの経営者に口止めを依頼するつもりだと話した。

「お前もそのへんは分かっとるわけやな」

機嫌が直って、褒めてさえくれそうな雰囲気である。

「ただ、怪我があとから分かるかもしれませんよ。じゃなくたって、パワハラとかで訴えてくる可能性はありますす」

伊藤は「させるか」と吠《ほ》えた。

「多少は金使わなあかんやろけどな。あのガキもそこまでアホやないやろ。ちゅうか、アホでもそういうとこだけは、かえって腹立つくらい常識的に行動しよるもんや」

「お任せします」

「すぐ人やるわ」

しかし、伊藤は言うべきことを忘れていなかった。

「お前にしたらまあまあようやったけどな」

覚悟していたことではある。

「砂場に火の粉がかからないようにしてやってください」

「そら約束してもええ。よう働く男みたいやし、そうでのうても足りん監督を何人も減らしたらきついさかいな」

「ありがとうございます」

「しかし漏れへんのが前提やで。ガキがおかしなことせえへんよう、お前も気いつけたことあったらすぐ知らせるんやで」

電話を切った成瀬は、しばらく目を閉じて伊藤の言葉を反芻《はんすう》した。何人も、というくだりが意味するところは明白だった。飛ばされるのだ。

砂場が守れただけでよかった、と成瀬は言葉に出さずつぶやいた。砂場は成瀬よりずっと安い給料で、身を粉にして働いている。こんなことで罰を受けたら可哀想すぎる。

一時間後には本社から五人ものチームがやってきた。工事部から三人、労務部が二人。対立しているように見えながら、工事部でも上のほうは労務とべったりなのだなと改めて思い知らされた。

本社組が熊川と交代して高塚につき、護送するように連れ出した。高塚の荷物もすべて持っていった。状況の説明をする以外、現場事務所員には何もすることがなくなった。

嵐のようにやってきた連中は、昼過ぎには去っていった。それまで現場監督同士で話をするのもはばかられる雰囲気だったが、やっと自由にものが言えるようになった。

「俺がいけなかったんですか」

砂場は問いかけを繰り返した。

「嫌だったら、本気で逃げ出したらよかったじゃないですか。子供じゃないんだから」

だんだん感情が昂《たか》ぶってくるようだ。

「この仕事に耐えられる奴以外は、いてもらったって周りが困るだけじゃないですか。現場で働ける基準ってあると思うんですよ」

「個人の能力差はしょうがないにしても、最低ラインはあるかもね」

浅田の言葉に力を得て、砂場は叫んだ。

「そうですよ！　あいつだって無理なのは分かってたはずだ。どうして言わないんです？　言ってくれたら、分かった、お前はもういいってこっちもなりますよ。恥ずかしいんですかね？　屈辱とか、あいつ感じるんですかね？　そういうプライドだけは持ってるんですかね？　だとしたって、死ぬくらいだったら何だってできるじゃないですか。そうですよ、やっぱり逃げてくれりゃよかったんです。簡単な話じゃないですか！」

「それくらいにしとけ」

一通り吐き出させたところで成瀬は止めた。

「言いたいことはよく分かる。しかし人を追い詰めちゃいけない時代なんだ」

「何の仕事もしないで、邪魔になるばっかりで、文句だけは一人前な奴でもですか」

「そうだ。だから高塚はここに来ちゃいけなかったんだが、入れてしまったのは俺だ。俺の責任なんだ」

成瀬は部下たちを見回した。

「心配するな。砂場はお咎《とが》めなしだ。次長から言質《げんち》を取った。みんなで、大変だろうけど何とかホテルを完成させてくれ」

「所長はどうされるんですか？」

浅田が心配そうに訊《たず》ねた。気づいてくれたのだ。それだけで成瀬は報われた気がした。

「さあな」

薄く笑って成瀬は言った。

「先のことは分からん。お前らがやることは、とにかく目の前の仕事を片付けることだ」

しかし罰は想像以上に重かった。

伊藤が異動先を知らせる電話を寄越したのは、辞令が流れるほんの二時間前だった。

「関連事業部や。課長のままにしといたったで。ま、頑張ってくれや」

懲罰人事だから事前に意向を聞かれたりしないのは当たり前だが、もう少し早く知らせてくれてよかった。人事を承認する取締役会の日程は分かっていたから、数日前から緊張し、一方で打診がないのは工事部から出なくていいのか、内勤かよその現場に回されるだけで済むのかもと希望すら抱きかけていた。

異動にしても、設計とか調達とか、経験を活《い》かせるところがあるだろうに。何なら地方でもよかった。週末家に帰れるなら今より家族と接する時間が増えるくらいだ。

まさか関連事業部とは——。

身体を張って内輪に収めたのは俺だぞ、と成瀬は思わずにいられなかった。一件はまったく外に漏れなかった。社内ですら知っている人間は限られる。部下たちも漏らしたら飛ばすと脅された。会社に都合が良かったのは、ちょうど年度替わりだったため、通常の人事に成瀬の処分を紛れ込ませられたことだ。知らない者は、仕事ぶりがよほど悪かったと思うだけだろう。降格を形式的に避けたのも不祥事と思わせないためではないか。

「しといたった」だなんて、どういう言い草だ。「気の毒だったな」くらいあってしかるべきではないか。伊藤などに同情してもらいたいとも思わないけれど——。

辞令が社員への一斉メールでオープンになると、まず砂場が「あんまりじゃないですか」と憤ってくれた。

となったら大人っぽく振る舞いたくなるのだから甘いな俺は——。

「もうきつい仕事はしなくていいよって、温情なんじゃないか」

冗談めかしたら、浅田も怒ったように言った。

「きつくたって、現場が好きで、建物造るのが好きだから監督やってるんじゃないですか」

涙が出そうになるのをこらえ「いや、俺はもう疲れたよ。年寄りだからな」と軽い調子を貫いた。

「いいタイミングだったのかもしれん。あとはお前らに任せるさ」

「無責任ですよ。少なくとも後の所長さんは、成瀬さんが選んでいって下さいね」

「そうしたいんだが――」

そんな機会を与えられるはずはなかった。おそらく後任ももう決まっている。しかしそれが誰かまでは、今日の異動一覧から読み取れなかった。

「会社にとっても大事な現場なんだから、ちゃんとしたのが来るさ」

みなを作業立ち会いや検査に追いやったあと、成瀬は事務所で近藤治美と二人になった。

ふいにタバコを吸いたくなった。
三十二、三歳まで吸っていたが、同僚や会社外の友達にも止めるのが増え、ちょうど値上げが激しくなったころでもあり、自分だけ金を灰にし続けるなんて馬鹿らしい気になった。実をいうと止めるのは無理だろうとも思っていたが、三日くらい我慢したら吸いたさも消えてあっさり縁が切れた。

「俺って意志強いんだな」

自慢したら、妻の香澄には「周りに流されやすいだけなんじゃない」とからかわれた。

「何だよ、喜ぶかと思ったのに」

「吸ってほしいわけじゃもちろんないけどさ」

フォローされても、むっとした気持ちがしばらく続いた記憶がある。

香澄の言った通りかもしれない。入社以来基本的には大通りを歩いてきたつもりだったが、突然仲間からはぐれてしまった。こうなったらどこまで落ちるのも同じというやけっぱちな気持ちが、とっくに忘れたつもりのタバコの味を思い出させたのだろう。

いてもたってもいられなくなって、「ちょっと出てくる」と近藤に告げ、事務所を出た。

部下たちのためにも三月いっぱい力を尽くすつもりだが、工程表が組めていないない状況にも変わりがない。いつ竣工できるか、正直分からない。本社やチェリーホテルズが騒ぎださないうちに消えてしまえることには、正直ほっとするところもあった。それこそ、次の所長のお手並み拝見である。職人たちもそう思っているだろう。

となると、力を尽くすと言っても、五分十分を惜しむ気持ちは緩んでくるのは致し方ないところだ。

職人とすれ違うと隠れたい気分になる。彼らが人事を知っているわけはないのだが。もっともそのうちいなくなるだろうとはみんな考えているだろう。

仮囲いの外に出て、コンビニでタバコとライターを買った。タバコが五百円近くする。聞いてはいたけれど、やはり嘘みたいだ。店の前に灰皿があり、成瀬同様仕事の途中なのだろうか、背広姿の営業マン風と並んで火をつけた。久しぶりに吸っても特別な感じはなかった。むせたりもしない。

俺って、案外どんなところでもやっていけるのかもな。周りに合わせるだけかもしれないが。

吸い殻を捨てた後、残りのタバコをどうしようと思った。また吸うのか、自分でも分からない。吸わないなら邪魔だが、捨てるのももったいなくてポケットにねじこんだ。プレハブに戻り、事務所に入る前にロッカーへ寄ってタバコをしまった。中学生みたいだ。

「お帰りなさい」

近藤が「ひょっとしておタバコでしたか？」と続けたのにはぎょっとした。

「臭う？」

「そんなことないですけど」

近藤は笑った。

「実は私も吸うんです。ここじゃやらないですけど」

それもびっくりだった。

近藤はぱっと見、目立つところのまるでないおばさんだ。夫と離婚して娘を一人で育て上げたと聞いているが、やさぐれたふうもない。もちろんタバコを吸うのがみんなやさぐれた人間だというわけでもないけれど。一年以上顔を突き合わせていて、面接で訊ねたことのほかはろくに彼女のことを知らなかった。

「俺がいなくなる話は聞こえてたよね」

「ええ、まあ」

パートだから人事メールは来ないが、成瀬と部下たちの会話を聞いていれば分かる。

「どうすればよかったんだろうなあ」

「高塚さんのことですか」

「それも分かってただろうけど」

「はい」

近藤はあっさり答えた。

「近藤さんはどう思ってたの」

「うちの子も、高塚さんみたいなところあるかもしれないですねえ」

言葉を選んでいるのか、近藤はゆっくり話した。何と答えていいのか成瀬が困ってしまったが、近藤は気にするふうもなく「要するに、いろんな人間がいるってことですよね。若かろうが年寄りだろうが」と続けた。

「近藤さんとこの――お嬢さんだっけ――がどうかはともかくさ、仕事って、きついことしなきゃならない時もあるだろう」

「そうなんでしょうね。私なんか、たいしたことしないからいつまで経ってもこんなふうですけど」

「近藤さんはプロだと思うよ」

実際成瀬は、近藤の手堅い仕事ぶりを評価していた。数字を間違えたことは一度もないし、言いつけられた作業を時間内にきちんと片付ける。当たり前かもしれないが、そうでないパートがたくさんいるのを成瀬は知っていた。

加えて近藤はおいしいお茶やコーヒーを淹《い》れてくれるし、余裕がある時は本来の仕事でない掃除までやってくれる。それでいて決してでしゃばったりしない。

近藤が現場監督だったら。複雑な計算は無理にしてもかなりいい仕事をしそうだ。

残業もＯＫだろうか。

そんなことまで考えてしまった。パートと違い、正社員は無理が利くかどうかも評価の対象だ。なるほど、それが正社員というものかと改めて思う。時には自分を犠牲にする必要もある――。

考えを遮るように近藤が口を開いた。

「私がやってるのなんてつまらないことばっかりですよ。だからさっさと済ませられるんです」

また驚かされた。心を読んでいるのだろうか。少し気味悪くさえなってきた成瀬に近藤は続けた。

「みなさんのお仕事はすごいですよね。たくさんの職人さんを動かして、あんな大きなものを造ってくんですもん」

大田久典との話まで知ってるみたいだなと思いながら、嬉《うれ》しくはあって「それだけのことをやろうと思うと、どうしても時間が足りないんだよ」と、素直に成瀬は答えた。

「そうなんでしょうね。それに仕事って、やる気のある人に集中しちゃうものですし」

「浅田と砂場には本当に申し訳ないと思ってるんだ」

「時々ここで寝てらっしゃいますね」

「何でも知ってるんだな、近藤さんは」

「私に浅田さんのロッカーのぞいてくれっておっしゃったじゃないですか」

「ああ、そうだったな」

忘れていたのを恥じながらつぶやいた成瀬に、近藤は「雰囲気でもなんとなく分かりますけど」と付け加えた。

「それでも、私が来る時間にはもうお仕事始めておられるんですよね」

「それが仕事熱心ってことさ」

成瀬は肚《はら》にあることを全部ぶちまける気になった。

「そこいくと熊川はなあ。もう少し仕事にエネルギーと時間割いてもらいたいんだよなあ」

近藤はうなずきながら聞いていたのだが、しばらく間を置いて言った。

「あたしは、熊川さんが一番大変なんじゃないかなって思うことがありますけどね」

今度は香澄みたいなことを言う。浅田の結婚問題を論じた時、仕事との両立は大変だみたいな説を開陳していた。

「俺にも分からんではないさ。しかしあれじゃ両立してることにならないだろ」

「そうですね、だからいらいらしてらっしゃるんでしょうね」

「いらいらっていうかさ」

「成瀬さんのことじゃないですよ」と笑顔で言われて「え？」と成瀬は首をひねった。

「熊川さんですよ」

「あいつが？　いらいらしてる？」

いつも冷静過ぎるほど冷静ではないか。仕事が進んでいないことに「もっといらつけ」「焦れよ」などと思うことがあるくらいだ。

その時スマホに電話がかかってきた。浅田からだった。納品検査で、確認してもらいたいことがあるので来てほしいと言う。成瀬はすぐ事務所を出た。そのあともろもろの用事に追われ、気が付いた時、近藤はもう帰ってしまっていた。

9

関連事業部は本社ビルの二階にあった。

実を言うと成瀬はその一員になるまで、関連事業部がどこにあるのかよく知らなかった。仕事上のかかわりがゼロだったから、足も関心も向かなかったのだ。

現場事務所の二階にはその上がないけれども、十二階建ての中の二階はもろもろの重みがどっしりのしかかってくるようで、空気までどんより感じられる。窓から見えるのは隣のビルの壁とそのあいだの駐車場、くたびれた営業車、アスファルトの割れ目に生えた雑草――そんなものだ。

関連事業部は、ヤマジュウ建設の本業である建設業と、密接な関係にある不動産業をのぞいた業務をまとめて扱う部署だ。

　まとめられるくらいだから、一つ一つはごくささやかな規模だ。取引先から引き継がざるを得なくなったり、遊んでいる物件を何とか使わなければと無理やりひねり出されたりしたものがほとんどである。

　例えば、リゾート開発を目論《もくろ》んで田舎の土地を買ったはいいが、出資企業が撤退したため急遽《きゅうきょ》野菜の苗を育てる施設を作った「ヤマジュウファーム」。廃材の処分をやらせていた業者が倒産し、借金のかたに差し出されたリサイクルショップ。同じような経緯で入ってくるトラックやバンを処分するための中古車屋。そんなものの運営を、何人かいる「課長」たちが担っている。

　成瀬の役職名は「温浴事業課長」で、都内に二店舗展開しているスーパー銭湯の面倒を見るのが仕事だった。二店ともフランチャイズだから、成瀬としては経理をチェックするくらいしかすることがない。当然、部下はゼロだった。そもそも温浴事業課長は、成瀬が来るまで部長が兼任していた。いなくても大丈夫と言われているようなものだ。

　異動の辞令が流れた翌々日、挨拶《あいさつ》に行くと部長は、七、八冊のファイルと、クラウドのパスワードを走り書きしたメモを渡して「適当にやってくれればいいから」と言った。

「分からないことは訊《き》いてくれ。もっとも私もよくは分かっていないんだ」

その日もできるだけ早く横浜に戻って仕事を片付けなければと思っていた成瀬は
「店に行くのは着任してからになってしまいますが――」と返事した。

「まったく構わんよ」

部長はどこまでも淡々としていた。

「落ち着いてからで十分だと思う。少なくとも今のところ大きな問題はないはずだ。素晴らしい業績が上がっているわけでもないが」

部長は財務部でそこそこ出世したが、最終的に今の財務部長に負けてこちらに流れてきたような話を後で耳にした。

さすがに部長は傷モノとまでいえない素性だけれど、ほかの同僚は揃っていわく付きだ。成瀬同様、所長をしていた現場で事故を起こした工事部の先輩がいたし、設計部の課長だった人物は部下の設計ミスで建物の屋根が敷地からはみ出し、何千万の損失を出したらしかった。

みなろくに仕事をしない。もっともやることがないのだからしょうがない。担当の事業所へ出向いても「何をしに来たの?」と言われかねないのは、赴任当日に嫌というほど分からされた。部長のアドバイスは的確だったわけだ。

だからみな、一日中新聞や雑誌を繰っている。スポーツ紙だろうが競馬新聞だろうがコミックだろうがお構いなしだ。パソコンに向かっていても何をしているか分かったものではない。また何をしていても咎《とが》められることはない。一つの大部屋にいい歳をしたおじさんたちが机を並べ、そんなふうに時間を潰《つぶ》している光景はちょっとしたものだ。

もっとも、たいていの人間は悲愴《ひそう》感を漂わせているわけでもない。ゆったりした時の流れに身を任せている趣で、愉《たの》しげでさえある。

実際、成瀬の異動を冗談でなく祝福し、羨《うらや》ましがる手合いは少なくなかった。

「最高じゃないか」

「あやかりたいもんだよ」

高塚の一件を知っている者の中には「それくらいのことをしでかしたら暇にしてもらえるのか。何かネタねえかなあ」などとうそぶく者さえいた。

確かに楽だ。関連事業部に来て三日で、もう現場には戻れないかもと思った。少なくともチェリーホテルは厳しい。精神的にも肉体的にもあそこまで自分を追い込んでいたのが本当のことと思えない。

一方で給料は、もともと残業がついていなかったから現場手当がなくなっただけだ。月二万円ほどの減収だけれど、二万円でここまで楽になるならはっきり「お得」だ。

高塚を給料泥棒だと思っていた自分がそんな存在になってしまったことに成瀬は戸惑った。「こんなの駄目だ！」と言い切るエネルギーがあまりに早く薄れるのも複雑な気分だった。

閑職に左遷されても、家族に見栄《みえ》を張って会社を出たあと時間潰《つぶ》しをしてから家に帰る奴がいるらしい。

成瀬はそんな振舞いはしなかった。現場手当がなくなるからどうせ分かるのもあるけれど、もともとここに至るいきさつはすべて話していた。自分は間違っていないという信念からである。

「あいつは遅かれ早かれ似たようなことになったんだ」

浅田にも言った通り、高塚を現場に受け入れてしまった責任だけは認めるが、それだって高塚があそこまでだめと予測しようがなかった以上、形式的な責任に留《とど》まる。元凶は伊藤だ。

「そんなに興奮しなくていいわよ」

香澄はなだめるように言った。

「何にしても怪我がなくてよかったわね。八階だったら普通死んでるものね」

「ほんとに落ちたのは七階だ」

「どっちでもいいわよ。ネットを下に用意させたの熊川って人なんでしょ。本当に感謝しなきゃね」

また熊川か――。

面白くなかったが「もちろんだ」とうなずく。思い返すと、その件について熊川にきちんと礼を述べなかったかもしれない。差別したつもりはないけれど、定時退勤へのわだかまりが影響しなかったとも断定できない。

成瀬に責任があるかないか、香澄ははっきりした意見を表明しなかった。ただ「来るものが来たって感じね」とつぶやいた。

「俺ってそんな危なっかしかったか」

「ううん。そうじゃないから余計に」

「どういうことだよ」

「責任取らされやすいってことよ」

なお意味がよく摑《つか》めないが、頭をひねっている成瀬を置きざりにして香澄は「ともかくクビにならないんだったら問題ないんじゃない」と続けた。

「地方だったら単身で行ってもらうけどね」

「穂乃花の学校を考えたらしょうがないか」

「あたしが田舎には行きたくないの」

「なんだ、お前の都合か」

「そうよ」

あっけらかんとした笑顔は、不思議に不愉快でなかった。

「あと手当の分、お小遣い減らしてもらおうかな」

「おい、まるまるは勘弁してくれよ」

「どうしよっかな」

からかうように言いながら、香澄は「さあ、はやいとこお風呂《ふろ》入ってちょうだい」と、家に着いてから上着も脱がずにしゃべり続けていた夫を追い立てた。ちなみに四月の小遣いは、渡された封筒をどきどきしながらひっくり返したらいつも通りの額が入っていた。黙ってそのまま財布にしまった。

いいんだろうか、ぬるい生き方に慣れてしまって——。

「いいんだよ」

きっぱり、ためらいなく言い切ったのは、関連事業部の先輩たる上川善哉《かみかわよしや》だ。

「堂々と、のうのうと生きたらいいんだ」

上川は緑地のメンテナンス、要するに植木屋的な仕事を担当している。スーパー銭湯同様、別法人でヒマさは似たり寄ったりだ。関連事業部で塩漬けになって七年という五十六歳。成瀬のちょうど十歳上である。営業出身で、鉄板だったはずの病院新築工事を他社にさらわれて本流を外れたらしい。

ずいぶん前に離婚して、以降は独身を守っているとのこと。いかにもなチョイ悪親父っぷりで、定時帰りになったのをいいことにジム通いに精を出してシェイプアップに余念がない。

「ジムって結構いい女が来るんだよ。この歳になっちゃうとあんまり若いのは何だけど、今は年増も馬鹿にしたもんじゃないからな。四十過ぎのレオタード、たまんないぜ」

職人たちと気が合いそうだな、工事部だったらいい現場監督になったかもしれない。

「今度ゴルフ行く約束しちゃってさ」なんてしれっとささやいてにやついている。

「羨ましいだろ？」

「今さらモテようなんて思いませんよ」

「そっか？　毎日かあちゃんじゃ飽きるだろ？　人間、刺激も大事だぞ」

もちろんオフィスアワーも上川は自由そのものだ。「植栽の研究だ」とうそぶきながらデスクでジオラマ模型を作っている。

「俺だってさ、ここに来る前はばりばり働いてたんだよ。来る日も来る日も施主か設計屋と飲んで。土日だってずっと接待ゴルフだ」

「はあ」

「だからその分、今は遊んで金貰《もら》う権利があるわけだよ。ここんとこの工事部の忙しさはとんでもないって俺も聞いてる。成瀬君は俺以上に権利を持ってるってこった」

飲むのもゴルフも上川は大好きだから、ばりばり働いていた時も辛《つら》いより楽しいほうが多かったのではという気がするけれど、その理屈には一理あると成瀬も思った。

「ですけど、現場で若い連中が連日泊まり込んでるのを思うと、考えちゃいますよ」

「修行だ。そいつらにとっちゃあな。成瀬くんはついに修行時代を終えたというわけだ。ちょっと早めだったとしても、寿《ことほ》がれるべきじゃないか」

「はあ」

「何をしでかしたんだっけ」

「それはちょっと勘弁してください」

「クソ真面目だな。まあいい。そのへんも会社は見てくれてんだよ」

上川にそう言われると、今度の異動が本当に会社からのプレゼントであるようにも思えるのだった。

確かに関連事業部の面々は、前の部署でそこそこの評価を得ていた者が多い。また犯したしくじりも、ばっさり断罪できる種類のものとは限らないようだ。

上川が病院の受注を逃したのも、ライバルが無理なダンピングをしかけたせいらしかった。建設需要がどん底の時期だったが、そのライバルは回復を待たずに倒産した。

部下のミスの責任を取らされた者、実質的には功労者と言えるケースも散見される。

成瀬は自分もその一人だと思っていたが、高塚が死んだり、大けがを負ったりしていたら、この人事はなかったろう。成瀬自身、会社にいられなかったのではないか。階段を上らせ続けるわけにいかなくなったが、代りに安逸を——。そう解釈するなら、上川の説に反対する理由はない。

しかしやっぱり、なのである。

若い連中が山のような仕事を抱えつつ奮戦することは、確かに彼らの成長に資するだろう。成瀬自身そうやってスキルを高めた。

けれども昔は、頑張れば必ずやり遂げられる見通しがあったし、いざとなったら先輩や上司が助けてくれた。職場全体としてみればそれだけの余裕が確保されていた。倒れる者が出たとしても、すぐ適切な補充がされたはずだ。

チェリーホテルの現場は、工程表が組めないところまで追い込まれた。一職場の問題ではない。会社そのものに余裕がなくなったからだろう。なのに一方で日がなぶらぶら暮らす社員がいるのはおかしい。

「会社がどうなろうと知ったこっちゃねえよ」

上川は肩をすくめた。

「俺が定年になるまで保《も》ちゃいいんだ。あ、そうか。成瀬くんは俺より十年長くいなきゃなんないからそんなこと言ってんのか？　子供もまだ小さいんだっけ」

「そればっかりじゃないです」

「どっちにしろだな、俺たちが悩んだって無駄だよ。俺たちが考えるくらいのことは偉いさんだってとっくに考えてるさ。なるようになるだけなんだ」

身も蓋《ふた》もないがその通りかもしれない。

どうして他人のこと、会社のことまで考えなければいけないのか、という疑問は真剣に考えるほど答えが見えなくなった。極端な話、日本中、世界中の大変な目に遭っている人すべてが救済されるまでのんびりできなくなってしまう。

外国人は仕事を必要悪と捉《とら》えていると何かで読んだ。仕事は収入を得るための手段に過ぎない。だから働かずにたくさんもらうに越したことはない。担当している仕事が終われば周りがどんなに忙しくしていようがさっさと帰る、ともあった。

思わず熊川を思い浮かべたけれど、外国でそれが普通なら、このグローバル時代、不快に思う感覚がおかしいのかもしれない。

それにしても上川と熊川はまったく違ったタイプの人間に思えるが——。

「どうだい今晩。ナルちゃんに関連事業部流の生き方を教えてやるよ」

上川の話はいつもそこに行きつく。このごろでは成瀬のことを「ナルちゃん」と呼ぶようになってきた。

関連事業部が日陰の存在だと思わされるのは、部としての公式の飲み会を基本的にしないことだ。成瀬が加わっても歓迎会の類《たぐい》は開かれなかった。しかしそれは他部からやっかみや批判を受けないための配慮に過ぎない。部員同士での飲み自体は他部より盛んといっていいくらいで、特に上川はほとんど毎日、誰かを誘っている。接待の酒も苦じゃなかったろうと想像する所以《ゆえん》だ。

「せっかくですけど、やめときます」

成瀬のほうはこちらに来てからまだ外で飲む気になれないでいた。一つには給料が多少なりと下がったのを気にしてである。これまで通りの小遣いをせしめたが、かえって無駄遣いしてはいけないと思ってしまう。

「かあちゃんが怖いのか？　昔、うちに勤めてたんだって？」

妙なところで上川は耳が早い。

「怖くはないですよ。後輩でしたし」

「だったら構わんだろ」

「かみさんに言われなきゃいいってものでもないんです」

「難しい男だな」

上川は呆《あき》れたように言う。

「そのうち慣れると思うけど――無理強いはよくないからな。好きにするさ」

もちろん好きにさせてもらう。しかし考えはふらふら揺れ、さまよって着地点が見えてこない。このあいだまでの日々に問題があるのは明らかだが、無為にどっぷり浸《ひた》っていられるほどには、成瀬の神経は図太くない。

悩みだすとまたタバコを吸いたくなった。会社の行き帰りに駅の喫煙所で、あるいは会社にも建物裏手に灰皿を置いた一画があるので足を運んだりして、箱の残りは少しずつ減っていった。ついに空になって、逡巡《しゅんじゅん》した末成瀬は新しいタバコを買った。

仕事で埋めきれない時間の潰《つぶ》し方として、最初に選んだのは新聞だったが、一紙を隅から隅まで読むくらいでは足りない。

思いついたのが英語の勉強である。大学を出て以来、何度かプライベートで海外旅行をしたほかは使う機会もなかった。世間一般並み、できる人が多くなってきた昨今だと並以下かもしれない英語力のはずだ。それを鍛え直そうと考え付いた。

この先も必要になる気はしないが、転職を含め可能性がゼロとはいえないだろう。子供たちに教えてやれるし、何よりいい格好ができる。やるならやっぱりビジネス英会話かなと、テキストを買い込んで大部屋で読み始めた。

ほう、My bad! で「ごめん」って意味になるのか――。

fool myself は「勘違いする」なんだな。fool を他動詞に使うなんて知らなかった。

中学以来、どちらかと言えば英語は苦手だったが、妙に面白い。少なくとも、だらだらしているよりはるかにいい。

「何はじめたんだよ、ナルちゃん。うちに海外支店はできないと思うぞ」

テキストをのぞき込んで上川がからかっても気にならなかった。

しばらくは黙読だけだったが、付属のCDも聴いてみたくなった。ビジネス「会話」なのだから、耳と口も慣らさないと意味がない。

イヤホンを「勤務時間」中に使っていても関連事業部ではまったく問題がない。CDをスマホに落とし込んで繰り返し聴いた。さすがに発音するのははばかられて、必要に応じて駐車場などに場所を移した。タバコを吸いに出るのは昼休みだけにしていたが、英語なら良心を痛めずに済んだ。どんな理由でどんな時間に席を立っても、文句を言う人間などいないのだが。

イヤホンをつけたままのスマホをポケットに入れて成瀬は大部屋を出た。関連事業部のすぐそばに非常階段があり、それを下りればビルの裏側に当たる駐車場に行けるのだ。災害が起きてもいち早く逃げられる。意図されているはずはないけれど、関連事業部の不思議な立ち位置を感じる。

十台くらいの車は置けるスペースだが、営業車が出払っているので今あるのは社長のレクサスともう一台、役員が共用しているクラウンだけだった。

ビルの壁にもたれてイヤホンを耳に押し込む。

Social media and the internet are a double-edged sword.

ソーシャルメディアとインターネットは諸刃《もろは》の剣である、か。

格好いいフレーズだな。誰かに言ってみたいと思いながらお手本の後から繰り返した成瀬は、後ろから肩を叩《たた》かれて跳び上がった。

相手のほうも、予想以上のリアクションに驚いたようだった。怯《おび》えたような表情で成瀬を見る。

労務部が開いた説明会の帰り、愚痴をこぼし合った工事部の同期、服部進だった。二月のことだからまだひと月半しか経っていないが、ずいぶん昔のような気がする。

イヤホンを外して、成瀬は「驚かすなよ」と言った。

「驚かしたわけじゃないんだけど――」

服部はおずおず「いろいろあったみたいだな」と訊《き》いてきた。高塚宏の件も知っているようだった。四月の人事で高塚の退社は公になっていた。「願いにより」なんてとぼけた退社理由がついていたが、勘の働く人間なら何かあったと思うだろうし、調べる気を起こせばだいたいのことは分かったはずだ。

「まあな」

「関連事業部はどんな感じ？」

苦笑するしかない。いや、成瀬を心配して勇気のいる質問をしてくれる服部に感謝しなければならなかった。もちろん楽でいいな、なんて決めつけてもこない。同期はありがたいものだ。

「何ともおかしなところだよ」

ありのままの説明に、服部は真剣に耳を傾けた。

「確かに微妙な雰囲気だなあ」

「開き直れたら極楽なのかもしれないけどな」

「そういうことか」

服部は納得したふうだった。

「ちょっとした用でこっちに来たんだけどさ、用事終わって車に戻ってきたら一人で英語ぶつぶつしゃべってる奴がいるじゃん。何だこいつと思って近づいたんだよ。びっくりしたぜ。お前が大変だったのは分かってるからな。マジできちゃったかって思ってさ。怖くなったけど、放って帰るのも薄情な気がして」

「声かけてくれてよかったよ」

成瀬もしみじみ言った。

「こっちから近況報告も変だからな。とにかく俺はそんな感じだ。知りたがってそうな奴には伝えといてくれ」

「分かった」

うなずいて服部は「しかし考えちゃうよな」と改めてつぶやいた。

「分かる気がするよ。現場とあまりに違うもんな」

「少なくとも勤務時間はきっちり守られてる。そこだけは模範職場かも」

「ちぐはぐだよな、会社って」

ため息まじりに言ってから服部は「そうだ。チェリーホテルの話、耳に入ってるか」と訊《たず》ねた。

「高塚が裁判でも起こしたのか」

「いや。そっちは会社が抑え込んだみたいだ。うちの弁護士、なかなかやり手らしい」

「じゃあ何だ」

もちろん横浜のことはずっと気にしてきた。何より浅田、砂場が心配だ。心身の健康を保てているのだろうか。

しかし管轄外になってしまった事柄に執心を示すのは見苦しい。問い合わせをすれば気にされるだろうし、成瀬の後任者には煙ったい行為ととられる。まして成瀬は、しでかして職場を追われた身だ。分別を示そうと懸命に自制していたのである。

「加藤《かとう》がお前の後になったのは知ってるよな」

その、後任者の名前を服部は口にした。

「ああ」

加藤というのは、工事部から一昨年社長室に出て、今度の異動では伊藤のほかに一人増員する形になった次長として戻ってきた加藤公俊《きみとし》である。加藤も同期なのだが、ダントツの出世頭と言っていい。

「すごいことになってるらしいぞ」

「すごいこと？」

次長が現場事務所長になるのは異例で、会社がチェリーホテル・横浜ベイサイドの後始末を重視しているのだろうとは成瀬も感じていた。しかし、何かそれ以上の事態が起こっているようだ。

「本当に、八十時間に残業を収めるつもりらしい。噂だけど、四月になって今まで、事務所員平均で四十時間いってないらしいよ」

「マジか」

成瀬は目を見開いた。

「マジみたいだぜ。水曜日は全員、きっちり定時帰りだとさ」

ますます信じがたい。水曜がノー残業デーというのは、過労死問題が騒がれだしたころにできた制度だけれど、残業の上限同様とても守れないのですぐ有名無実化し、そんなものがあったことすらほとんど忘れられていた。

「よその現場から監督ひっぱがしてきたのか？　いくら加藤だって文句が出るだろ」

「そうじゃないみたいだぞ」

「引き渡しを遅らせるのか」

施主の抵抗を排除して実現できたのだったら、悔しいがそれは加藤ならではということになるのだろう。工事部のためには喜ばしい。長い目で見れば会社の利益でもあるはずだ。しかし服部は首を振った。

「いじってないって聞いてる」

「じゃあどうやって？」

「分からん。見当もつかないから、お前が知ってるなら教えてもらおうと思ったんだ」

元部下たちへの接触を控えていることを話す。「そりゃそうだな」と服部もうなずいた。

「でも気になるよな。そのうちモデル職場みたいな感じで紹介してくるんだと思うけど、早く知りたいよ。ほかに内情分かりそうな奴いねえかな」

「思いついたら教えるよ」

「お前も興味あるだろ」

あるどころではない。

鍵《かぎ》はやはり加藤なのだろう。エースを投入して、一番大変そうな現場で残業八十時間を達成してみせようというわけだ。

加藤の顔を思い浮かべる。作業服よりスーツのほうが似合う優男風で、口元に笑みを絶やさないが、目は油断なく相手を観察している、そんなタイプだ。向こうから情報発信できる状態になるまでは手のうちを見せないだろう。同期のよしみなど通用しそうにないので、服部も成瀬も本人に直接訊くという選択肢を初めからわきに置いている。

加藤はもちろん頭もいいのだろうが、度胸が据わっていると言われている。暴力団とのトラブルでびくつかなかった話は有名だ。一方で、そちらに人脈を持っているような噂もある——。

ともかくチェリーホテルで現場監督たちに残業規制を守らせられるのは、すごいとしかいいようがない。いったいどんな手を使ったのだろう。

「じゃあな。俺、現場に戻んなきゃなんないから」

服部の声で成瀬は我に返った。

「英語、頑張れよ。いつかいいことあるよ。応援してる」

「ああ」

「俺はとりあえず頑張るよ。いつくじけるか分かんないけど」

「ああ」

しかし成瀬は上の空だった。英語もどうでもよくなっていた。現場から乗ってきたらしい軽ワゴンのほうへ服部が歩き出すと、すぐに踵《きびす》を返して建物へ戻った。

## 10

パソコンを開き、メールソフトを立ち上げた成瀬和正だったが、文面を考えているうちに少し冷静になった。

元の部下と連絡を取るのはまずいと服部進に言ったばかりだ。舌の根も乾かぬうちとはこのことだろう。浅田しのぶや砂場良智の迷惑を忘れかかっていたのが恥ずかしかった。加藤公俊のような上司ならなおのこと、スパイと疑われたら立場が厳しくなる。

だが気になる。どうやっているのか知りたい——。

「何むつかしい顔してんだ？　今日は英語おしまいなの？」

テキストを広げていなければいないでからかってくる上川善哉をやり過ごしながら半日考えた。職人に訊《き》くのも彼らの迷惑になるのは同じだろう。労務はいろいろ知っていそうだが、心やすくしてもらえる伝手《つて》はない。工事部次長の伊藤征治には訊く気にならない。

残業超過なしが本当なのか、ともかく確かめてみようと成瀬は思い立った。服部はああ言っていたけれど、デマだったらそれ以上調べる必要もなくなる。

幸い、ノー残業デーの水曜日は翌日だった。みんながその時間に帰るのか、この目で見るのが一番間違いない。普通は定時の終業時刻に他所《よそ》の職場にいられないが、関連事業部なら楽勝である。

一応成瀬はスーパー銭湯を視察してくることにして昼過ぎから出かけた。邪魔がられる前に退散して横浜へ向かう手順を考えたのだが、実際はそんな必要もなかった。上川に知られたら「真面目だなあ」と言われただろう。

渋谷《しぶや》から東横《とうよこ》線に乗ったので経路は違ったけれど、横浜駅に来ると懐かしさがこみ上げた。そのまま地下鉄に乗り入れる東横線をわざわざ降り、通勤に使っていた京浜東北線のホームへ向かう。電車は超高層ビルが並ぶみなとみらいの埋め立て地をかすめるように走って、すぐ関内に着いた。

その日は、横浜スタジアムの試合があるようだった。プロ野球は少し前に開幕していた。応援らしいユニフォームを着た客を電車で見かけたのでそうだろうなと思ったが、関内でそういう人たちはみな降りて、スタジアムへ向かう流れを作った。時計を見れば四時半少し前だった。成瀬としては狙った通りの時間だが、試合開始にはまだ時間がある。ファンは熱心なものだと感心した。

成瀬も人の流れに交じって歩く。野球を見たかったのを思い出した。今日なら簡単に実現できるが、やってきた目的は別だ。ただ、目的を果たしたあとでも間に合うかもと思った。定時退勤などしてなくて、「なあんだ」となったらそれしかない。

服部情報がデマであってくれることをいつの間にか成瀬は願っていた。加藤の腕も認めなくて済む。左遷される前からライバルと呼ぶのはおこがましい存在だったが、ああいうキャラの男がずっこけるのは気分がいい。

スタンドの入り口ごとに細ってゆく人の流れから離れて、成瀬は現場を目指し足を速めた。中華街もそろそろ気の早い客がやってくる頃で、足を踏み入れると油の香りが漂ってきた。朱雀門を出たら、今度は海の匂いがとって代る。

残念なのは、外を歩くとくしゃみがどんどんひどくなってくるので、そういうものを十分楽しめないことだ。四月も半ばだから、多くの花粉症患者は症状がおさまっているけれど、成瀬はスギだけでなくヒノキにもアレルギーがあるため、毎年五月の連休が終わるまで解放してもらえない。

洟《はな》をかみ、目のかゆみを止める目薬も差してまた歩き出す。次の次の角まで行けば現場が見えるはずだ。

心臓の鼓動が速くなった。定時退勤が本当かどうか確かめたいのと別の感情が胸を満たした。途中で追い払われても、自分がかかわった建物には愛着がある。見ないあいだにどうなったか――。

予想していたより早く、それは視界に飛び込んできた。虚を突かれて成瀬は歩みを止めた。後ろを歩いていた人が慌てて避《よ》けた。

早く見えてきたこと自体はおかしくない。ホテルの躯体《くたい》が高くなるのは当たり前だ。しかしそのスピードは落ちてしかるべきだった。事故があったのだし、現場監督たちの残業を抑えたならなおそうだろう。高塚宏が上った八階に積み増すことせいぜい一セット、つまり三階分。それも途中だろうと踏んでいた。

ところが一セットはすでに完成し、二セット目もほとんど柱が建て込まれている。一部、梁《はり》が通っているところもある。

なんだこりゃ？

胸のうちでつぶやかずにいられなかった。

現場監督だけじゃないだろ。職人にも残業やらせてんじゃないか？

定時退勤がデマなら野球を見に行けて嬉《うれ》しいようなものだが、週一回のコン打ちでは絶対ここまで進まないことにも成瀬は気がついた。床屋との約束はどうなった？

ともかくそばまで行こうと足を速める。想像がさっきとは逆方向に裏切られた。じっと見つめてもクレーンの吊《つ》り具の位置は変わらない。仮囲いに耳を押し当てても、作業が続いている気配が感じられない。

スタジアムへ引き返すわけにいかなくなった。通用口になっているゲートから少し離れた電柱の陰に立って、成瀬は待った。

散髪屋のじいさんの顔が頭をよぎった。まさかと思うが廃業したなら、月曜以外でもそのへんをうろついているかもしれない。こんな姿は見られたくない。他にも顔見知りになった近所の人は少なくない。

顔見知りに会わなくても、三十分近い時間じっとしているのはかなり大変だった。くしゃみを繰り返しつつ動こうとしない成瀬に、通行人が不審げな視線を投げかける。やっと五時になった。成瀬はスマホで時刻をチェックしていたが、一秒たがわずサイレンが鳴りはじめ、ほとんど間をおかずゲートが開いた。職人たちがぞろぞろ出てくる。

職人はやっぱり普通に帰しているのか。

納得いかない思いで眺めていた成瀬はあっと声をあげそうになった。

見覚えのあるスプリングコートが職人たちに交じって進んでゆく。浅田しのぶだ！浅田が五時に帰る。打ち上げでもないのに。あり得ない光景だった。衝撃と一種の感動を覚えつつ後ろ姿を見送った成瀬だが、ほどなく職人たちのラフな格好の中で目立つ、グレーの背広もやってきた。砂場良智である。

さらに近藤治美が出てきた。彼女は弁当を持ってくることもありいつも大きな鞄《かばん》を肩にかけている。しかし浅田はちょっとしたハンドバッグだけで、砂場などほとんど手ぶらだった。資料もパソコンも事務所に置いたままということだ。

加藤も確認できた。紺の背広は地味だけれども生地の光沢がいかにも上等そうだ。髪もきれいな分け目をつけて整えられ、筋の通った鼻に縁のないメガネを載せている。加藤が社長室へ異動になる前に会議か何かで見かけて以来と思うのだが、印象はまったく変わらない。むしろ若くなったようだ。人間離れした不気味さを感じるのは成瀬だけだろうか。

加藤は職人を追い越しながら足早に遠ざかっていった。だんだん職人もまばらになってくる。

やってるんだ、ノー残業デー。

ほかの曜日は分からないが、工事の進みぶりと両立するようには思えなかった。砂場でも追いかけて話を聞きたい衝動に駆られた。しかし、自分が出ていくことへのはばかり以外にも、ためらわせるものがあった。

定時帰りだというのに、砂場も浅田もひどくくたびれて見えるのだ。いや、成瀬のころも溌剌《はつらつ》としていたはずはないけれど、ましになったとは思えない。加藤が成瀬よりしゃっきりしているのは間違いなさそうだが。

もう一つ引っかかるのは、あの熊川健太がまだ出てきていないことだ。奴が一番遅いなんてありうるのだろうか。休みだったのか？　あるいはみんなよりもっと早く帰ってしまったとか？

　どれも違っていた。職人たちが吐き出されてくるのもそろそろおしまいと思えたころ、熊川が現れてゲートの鍵《かぎ》を閉めた。現場で働くすべての人間のしんがりというわけだ。鍵をかけるのは元請けの人間だから、なるほど、もう熊川しかいなかった。時間を確認すると五時十分、成瀬がいたころときっちり同じだ。彼を線対称の軸にしてすべてが折り返されたかのようだ。

　声をかけようか。加藤はもうはるか先だし、熊川だったら正直、多少迷惑をかけても良心が痛まない。だが逆に、浅田や砂場ほどには気やすくない。

　迷いながら十メートルほど離れて跡をつけた。熊川が信号で止まったので成瀬も止まった。今度は後ろにも気をつけたが、成瀬の少し前にいた自転車のブレーキが、さび付いてでもいたのか大きな音を響かせた。

　振り返った熊川と成瀬の目が合った。向こうも驚いた様子だった。しばらくして成瀬だと確信したらしい。会釈してきたので成瀬もぎこちなく片手を上げた。だが熊川は身体をまた反転させて駅のほうへ歩き出した。

　この機会は逃せない。成瀬は駆け出した。

「熊川くん」

「どうされたんですか」

追いついて並び、声をかけると、足こそ止めないものの、意外に拒むふうでもなく熊川は言った。

「関連事業部でしたよね」

「ああ。しかし俺のことはいいんだ。追っ払われた現場がどうなってるのか気になって、恥ずかしながら様子を見に来た」

「そうだったんですか」

「しゃしゃり出る筋じゃないのは承知してる」

「そんなことないです」

続けた熊川の言葉も思いがけなかった。

「心配していただいて嬉しいです」

何と返事すればいいか戸惑っていると、さらに熊川は「申し訳ありませんでした」と謝った。

「何が」

「逃げたみたいでしたよね。事情が分からなかったのと、ゆっくりもしていられないものですから」

後段の意味は分かった。

「保育園だよな」

熊川はうなずき「子供はすぐには大きくなりませんからね」と笑った。熊川の笑顔を見たことがあったか、記憶にないなと成瀬は思った。

「歩きながらなら話していいか」

「もちろんです」

「こういっちゃ悪いが、熊川が戸締り係とはな。どういうわけだ」

「ああ」

微妙な調子になって熊川は言った。

「ノー残業デーなんで」

「分かってる。そんなの昔からあるけど、何曜なのか分からなくなってた奴のほうが多いんじゃないか」

「加藤さんの方針です。今日で三回目ですけど、完璧《かんぺき》に守らせてます。ほかの日もみんな、八時には帰らなきゃいけなくなってるみたいですね。私は直接見てませんが——」

「やりよう次第ってことか？」

「うーん」

熊川は歪《ゆが》めた口を思い切ったように開いた。

「無理を重ねてるとしか思えません。有り体に言ってとんでもないです」

残業を枠内に収めるためにほかのすべてが犠牲になっていると熊川は言った。

日中から、加藤は監督たちの書類仕事の進みぶりを細かくチェックする。

「日報、途中までで書いておけよ」

「安全報告書、できてないのか」

顔を見る度に言われるから先にやらざるを得ないし、終わるまでデスクを離れられない。

当然、職人たちの作業に立ち会う時間が減った。手順や仕上げへの持っていき方が、現場監督が考えていたのとしばしば食い違うようになってきた。

「道筋が変わるだけで同じところにたどり着くならまあいいんですが」

監督の目が行き届かないと、残念ながら手を抜く職人も出てくる。

「このあいだ、何とか加藤さんをかわして上へ行ったら、土工が慌ててるんですよ。何でもないってごまかすんですけど、打ったばっかりの土間を見たら、バイブレーターを入れた跡が残ってましてね」

コンクリートを打ったあと、固まらないうちに電気で振動する金属製の棒を差し込み、型枠の中にコンクリートがきちんと行き渡るようにする。

「間隔が一メートル以上空いてるんですよ」

熊川は声を低くした。成瀬も思わずあたりに目を配った。一般の人が聞いてもなんのことか分かるまいが、分かる者には分かるし、分かったら少々まずいことになる。

バイブレーターは六十センチ間隔で差し込むのが標準である。ものさしで測るわけではないが、熊川の言う通りだと倍近い。コンクリートの詰まり方に影響しかねない。

「やり直させましたけど、私が見てないうちに打ち終わっちゃったところもあります。あそこだけだって、いくら職人に言われてもねえ」

その手のことが後を絶たないと熊川は言った。浅田や砂場の受持ち工事もおそらく似たような状況だ。

作業に立ち会いたいともちろん加藤に訴えている。ところが加藤は、自分が注意しておくと言ってデスクワーク優先の姿勢を改めない。後で職人に探りを入れたところ、一応職長に加藤から話はあったものの、拍子抜けするほどあっさり終わったらしい。

「その程度は見逃したほうが工事が早く進むと考えてる気がするんです、加藤さんは」

成瀬はじっと熊川の話に耳を傾けていた。いつの間にか手が汗ばんでいた。

「工期を延ばしたのかとも思ったんだが――」

「残念ながら」

熊川は首を振った。

「その方向には加藤さん、力を使ってくれませんね。やろうと思ったらできると思うんですが——あの人なら」

言ってから熊川ははっとした顔になった「すみません」

「いいよ。逆立ちしたってあいつに追っつかないのは分かってるもの」

それには答えなかった熊川だが、沈んだ口調のまま「品質の問題だけじゃないんです」と言った。

「床屋か」

「それもありますね」

廃業したわけではなかったのだ。だいたいの見当はついたが「どうやって？」と成瀬は訊《たず》ねた。熊川が、頬に手刀を当てて切る仕草をしてみせた。案の定だ。やくざ者を使ってじいさんを脅し、コン打ちは月曜に限る約束を破棄させたのだ。もちろん「コンプライアンス」を大事にする加藤だから、証拠を残さないよう慎重にやったろうが。

「あとは安全の話です。もちろん事故はまずいから、安全帯なんかは加藤さんもうるさく言うんですよ。でも、効果が目に見えることじゃないと徹底的に省くんです」

暗い気持ちになりながら、成瀬は目で続きを促した。

「安パト来ると、後処理で結構手間とられるじゃないですか」

工事部は部内に安全管理のためのチームを抱えており、各現場に時々係員を抜き打ちで「安全パトロール」に派遣して、各種の規則が守られているかチェックする。労基署の査察に備えた自主トレーニングのようなものだ。

現場にとっては面倒なもので、違反があれば油をしぼられ、始末書と改善案を書かされる。それらが突き返され、書き直しになることもある。「安パト」という略称にも、警察官を「ポリ」と呼ぶような、鼻つまみ者に対する感覚が含まれている気がする。

しかし安パトが、現場の緊張感を保つために大きな役割を果たしているのは間違いない。

「先週、安パトがあったんですが、それ、三、四日前から分かってたんです」

「何だって？」

「加藤さんが、いついつ来るから準備しとけって言ったんですよね」

成瀬は絶句した。

その時だけ違反がないように繕っておけば、「はいＯＫ」で安パトは終わる。説教も書類書きもない。加藤なら手を回して安パトの日程を手に入れるのは簡単だろう。

しかしそれでは、「うちはちゃんと安全確保に努めてますよ」と労基署にアピールする意味しかない。

いや、アピールさえできればいいと加藤は思っているのか。加藤だけでないのかもしれない。工事部として、あるいは会社としての考え方を加藤がまず実行しているのだとしたら。

そのほうが確かに楽で「効率的」だ。

「万事、そんな調子なんですよ」

「怖いな」

思わず口をついた言葉だった。

「おっしゃる通りです」

熊川も言った。声は低いままだが力がこもった。

「このままだとんでもないことが起こりそうな気がしますね。一つ一つは今のところささいな変化ですけど、積み重なっていきますから」

「君らのメンタルも心配だな」

成瀬はさっきから気になっていたことを質《ただ》した。

「大丈夫か？　時間的には休憩してる形でも、安らぐどころじゃないだろう」

「確かに疲れさせられますね、加藤さんには。何か起こるのが先か、人が壊れるのが先か」

冗談めかそうとしているようだが、笑うどころではなかった。熊川が続ける。

「浅田さんや砂場くんも同じだと思いますよ。私は嫌われてるんで話し合う機会もないんですけど」

「話すべきじゃないか」

「我々がまとまって言えば加藤さん、聞いてくれるのかなあ。いや、よくて無視、下手すると放り出されちゃう気がするんですよね」

「関連事業部は楽でいいぞ」

成瀬の冗談も不発である。

二人は、地下鉄の車内で並んで吊《つ》り革につかまっていた。成瀬も一緒に電車に乗り込んだのだった。話を途中で終わらせるわけにはいかなかった。

ひそひそ話ができないほどでもなかったが、電車はかなり混んでいた。このごろ慣れてきたけれど、先月まで朝は早すぎ、夜は遅すぎるので、通勤ラッシュと縁がなかった。働き過ぎにもいいところがあると、そんなことまで持ち出して主張したら強弁と言われて仕方ないだろうが——。

同じく考え事にふけっていたような熊川だが、ドアの上の電子パネルに表示された電車の現在位置を見て「あ、私次で降ります」と言った。

「ありがとう。いろいろ教えてもらったよ。俺に何ができるか分からないが」

「勝手なお願いなのですが」

熊川は成瀬を遮った。

「よろしかったらうちにいらっしゃいませんか。せっかくなのでもう少しお話ししたいんです」

「俺もだけれど、だいたいのところは聞いた気がするし――」

突然の申し出に面食らった成瀬を、熊川はなお誘った。

「私がどんなふうに時間を過ごしているのかも、この機会に見ていただきたいんです」

そこまで言われれば成瀬に断る理由はなかった。熊川と一緒に次の駅で降り、香澄にちょっと遅くなると電話すると、「まあ、何があったの」と笑われた。

「誘われたんだ」

「いいわよ。久しぶりに遊んでくれば」

「そういうんじゃないが――」

切ったあとで成瀬は「ここって、熊川くんとこの最寄り駅だっけ?」と疑問に思っていたことを訊ねた。

「いいえ。うちはあと二つ先なんですけど、ここにしか保育所が見つからなかったので」

小さな商店街を通り抜け、住宅街に入った先にその保育園はあった。マンション一階の、普通の店か事務所ほどのスペースに「しいのみ保育園」という看板が出ているのを見て、成瀬は「え、ここ？」と声を上げてしまった。自分の子供は幼稚園だった。ニュースなどで保育園不足の話など聞くものの、なにがどう違うのか正直よく知らない。

「小さいでしょう？」

苦笑しながら熊川はドアを開けた。「どうぞ」と言われるまま一緒に入ると、やはり大き目の家ならこのくらいの居間はありそうな板張りで、子供が十四、五人、その三分の一くらいの保育士がいた。さらにびっくりしたのは、中に三十前後と思える若い男の姿があったことだ。

「たーたー」

まだおむつのとれていない男の子が叫びながらよちよちこちらに走ってきて、熊川の足にむしゃぶりついた。

「元気にしてたか、ゆーちゃん」

悠人《ゆうと》というらしいその子供を熊川は抱き上げて片腕に乗せた。四十くらいの女の保育士が子供の後を追いかけるようにやってきて、「いい子にしてましたよ。お昼寝もちゃんとしました」などと一日の様子を報告した。

「こちらは？」

「会社の上司です。家にお招きしたのでお付き合いしてもらって」

「そうなんですか」

今一つ腑《ふ》に落ちないふうな保育士に、成瀬も妙な気持ちで会釈した。そのあいだに熊川は素早く子供の荷物をまとめ、子供を抱いているのと反対側の手で持った。熊川がいつもリュックで通勤している理由が分かった。

「それ、持とうか？」

成瀬が荷物を指さしたが、熊川は「慣れてますから。きつい時はだっこ紐《ひも》使いますし」と笑った。

子供は抱かれたまま、成瀬には目もくれない。こちらから笑いかけてみたが、はじめは無視され、もう一度チャレンジすると明らかに不機嫌になったので、泣かれたら格好がつかないと撤退した。

保育園を出て駅に戻り、二駅乗ってまた降りる。マンションへ向かうのかと思ったら、熊川は駅前のスーパーへ入った。

子供を座らせられるカートで店の中を移動しはじめたが、すぐに子供がぐずった。

「悪いけどしばらくそこにいて」

何度か子供に言った熊川だが、やがてあきらめて抱き上げた。

「抱き癖っていうんですかねえ。しかし一日のほとんどは親と離れてるわけだから、すげなくするのも忍びなくて」

そんなことを言いながら、品物をひょいひょいカートに入れてゆく。野菜、肉、牛乳、子供用らしい小さなパックのジュースも買い、おむつのコーナーの前では「こういうのは大きくてさすがに持てないんで、通販で宅配してもらうんです」と話した。

「なるほどねえ」

成瀬には感心させられることばかりだ。

「生鮮食品も生協の宅配なんかであるんですけどね。夜の配達にしてもらわないといけないから、その日の晩飯に間に合わなかったりするんですよ。それに食べ物はやっぱり見て買いたいかな、私は」

「なるほどねえ」

またつぶやいて、成瀬は思い出したことを口にした。

「保育園の駅にもスーパーはあったろう。あそこで買い物をしてから子供を引き取ったほうが、子供を抱いて品物を選ぶより楽なんじゃないか。五時きっかりに現場を出たらそれくらいの時間作れるだろ？」

熊川はおかしそうな顔をした。

「俺が早帰りを推奨するなんてってか？」

「そうじゃありません。おっしゃったこと、ほんとにもっともなんですけど、保育士さんに怒られるんです」

「え？　なぜだ」

「仕事が終わったら、とにかく一目散に迎えに来いってことになってましてね。買い物で遅れるなんて言語道断みたいです。買い物袋を道端に隠しておく親もいますが」

「十分やそこら、構わんだろ」

「一つ認めると、あれもこれもきりがなくなるからじゃないですか。それこそ保育士さんの勤務時間問題もあるみたいです。我々の職場に比べると昔から厳しいですから。給料を抑える目的でしょうけどね」

　成瀬は子育ての世界の奥深さをますます思い知らされたのだった。

　また七、八分歩いてマンションに着く。駅近の範疇《はんちゅう》に入るだろうし、たたずまいも瀟洒《しょうしゃ》だ。共にフルタイムで働く夫婦でもローンが重いのではないか。

「ただいま」

　誰もいない奥に声をかけながら熊川がドアを開けた。電気をつけると、リビングのありさまが浮かび上がった。

「お恥ずかしいですが」

　熊川の言う通り、かなり散らかっていた。一画に子供用のふとんが敷きっぱなしの床は、それ以外もおもちゃで足の踏み場がない。

「片付けるヒマがなくて。片付けたってどうせまたすぐって思うと萎《な》えちゃうんですよね」

成瀬は言われるままテレビの前のソファに座った。熊川は食卓に買ってきたものを並べ、冷蔵庫に収めたり、流しで洗ったりしはじめた。悠人はその足元から離れない。うっかりすると踏みつけてしまいそうだ。そのうち熊川は料理を始めるのだろうが、包丁を扱う下に子供がいるのは想像するだけで怖い。

お守りをしようと言いたいが、さっきの感じでは無理だろう。歯がゆい思いの成瀬のそばに、熊川が悠人を連れてきた。

「すみませんけど、子供向けの番組にしますね」

録画してあったアニメ番組を再生する。悠人はソファと別に置かれた小さな椅子に座って身じろぎもせずテレビを見つめた。

「これもねえ。テレビにおもりさせちゃいけないの分かってるんですが、ほかにどうしようもないんです」

悠人は忍者が出てくるアニメ番組に夢中だ。成瀬にも穂乃花や麻衣が見ていた記憶があった。ずいぶん長くやっている番組のようだ。香澄もこういうふうに世話になっていたのか。

そのあいだに熊川は料理を始めた。野菜を切る手際も慣れたものだ。

「召し上がりますか」

「せっかくだから頂こうか」

さっきの香澄とのやりとりで、どうせ外で済ませなければいけなくなっている。小一時間で、熊川は鶏肉のクリームシチューとサラダを作り上げた。テレビに子守りをさせているといいながらも、ちょくちょく悠人のそばにやってきて、抱き上げたり話しかけたりしながらである。

食卓の一方に並んだ熊川と悠人の向かいに成瀬は座った。子供椅子は、落ちないよう股《また》のあいだにベルトを通す仕組みになっている。これも成瀬に自分の子供たちの昔を思い出させた。

「ビールならあったと思いますが」

「いや、いい」

成瀬は苦笑した。遠慮もあるが、クリームシチューで酒を飲む気にならなかった。

「私も週末だけですね」

言いながら熊川は、悠人にシチューを食べさせてやる。子供の分は具が小さく切ってある。

「離乳食を別に作らなくていいのでずいぶん楽になりました」

シチューは、格別というわけではないが十分旨《うま》かった。

「このあとどうするんだ」

「風呂《ふろ》に入れて、寝かしつけるだけです。なかなかこちらの都合よくは寝てくれないですけど。うっかりすると自分が先に意識を失っちゃうんですよね。だから酒は飲まないっていうのもあります」

首尾よくいけば、そっと布団を抜け出て台所の後片付けや洗濯、アイロンかけをする。途中で悠人が起きたら中断してまた寝かしつけだ。そうこうするうちにすぐ十時、十一時になる。妻が帰ってくるのは早くてそのころということだった。

「お互い疲れ切ってますから、話をするにしても、今日も何とか生き延びられたね、くらいなことですかね」

ふざけてみせた熊川のもの言いだったが、すでに成瀬はどうしてここに連れてこられたのかよく理解していた。

「残業してるのと変わりないな」

「言い訳するつもりはないんですけど――」

確かに熊川は、一度も家事、育児の大変さを同僚に語らなかった。彼なりの美学もあったかもしれない。今日は、すでに上司ではなくなった成瀬が相手ということと、出会い方が思いがけなかったせいで、たまっていた気持ちが噴き出したのだろう。

「好きなだけ残業して、たまった仕事を一気に片付けたいって、ずっと思ってたんですよ」

「熊川からすると、浅田や砂場が羨《うらや》ましかったわけか」

「とても口にできませんけどね。その一方で、家にいる時は、仕事が気になって子供に一〇〇パーセント向かい合えてない。どっちも中途半端なのが苦しいです」

今の成瀬は熊川の言葉をよく理解できた。

「そういや近藤さんが、一番大変なのは熊川さんじゃないかと思うって言ってたよ」

「へえ」

異動が発表された日の会話を教えると熊川ははにかんだ表情になった。

「近藤さんに育児の相談に乗ってもらってたせいですかね。でも私は別なことを言われました」

「何だ？」

「有名な会社に勤めてたくさんお給料もらってるんなら、文句言えないんじゃないって」

まいったな、と成瀬は笑い「そんなに有名じゃないし、給料だって大したことないと思うがな」と言った。しかし熊川は真面目な口調を変えなかった。

「我々はそう思いますけどね。近藤さんが見てる風景は違うんじゃないですか」

近藤の手取りは月に二十五万くらいだ。それで十九歳の子供を育てるのは、別れた旦那《だんな》からどれくらい取れているのか知らないが、大変に違いない。

「なるほどな」

またしてもそうつぶやかなければならなかった成瀬だが、横浜に来て良かったとしみじみ思った。

もちろん、熊川にどんな事情があっても、浅田や砂場の苦労は仕方ないとなるわけではない。また今は問題の在りかも変わってしまったが、三人のわだかまりが減れば、協力して加藤にもの申せるかもしれない。

熊川が自分で言いにくいなら、折を見て代りに浅田、砂川に話をすると成瀬は言った。

「ぜひお願いします」

しかし成瀬も熊川も、加藤がやっていることをやめさせる具体的な道筋を思いつかなかった。やめさせたとしてどうなるという展望もない。成瀬が所長だったころに戻るだけなら意味がない。

「何かを解決すれば何かが新たに問題になるんだよな。俺たちにとっていいことは設計屋や施主が喜ばない。社員とパートさんも同じかもしれない」

「諦《あきら》めたらおしまいですよ」

熱っぽく語る熊川を、本当はこういう奴だったのかと改めて驚きながら成瀬は見た。

「今度の残業禁止も、むちゃくちゃには違いないですけど、みんなが現場のあり方を考えるきっかけになるなら無意味じゃないですよ」

「知恵を絞ってみるよ。そうのんびりもしてられんだろうがな」

時計に目をやって成瀬は立ち上がった。

「ごちそうさん。奥さんによろしく伝えといて」

熊川の妻もひどい女なのではと思っていたが、多分そうではない。会ってみたくなったが、今は会わないほうがいい気もした。みんな事情を抱えて生きている。けれどそれを知れば知るほど、ものごとの進め方は難しくなる。

「悠人君が早く寝つくよう祈っとくよ」

駅への道順を確認して最後に言うと、熊川が手を差し出してきた。握り返して、成瀬はマンションを出た。

## 11

翌日もずっと、関連事業部の大部屋で考え続けた成瀬和正だが、妙案は浮かばなかった。何かを救えば何かを捨てなければならない法則は動かしがたく思えた。

かすかに希望をつなぐのは、熊川健太の話を聞いて考えを深められた手ごたえだ。

もっとたくさんの声を集めるしかない。まずはやはり浅田しのぶ、砂場良智か。

もう加藤公俊をはばかる気持ちはなくなったけれど、二人に余計なプレッシャーをかけないよう、かつ率直に話してもらえるよう、意図を正確に伝える文面を考えるのが難しかった。

結局その日はメールを送るに至らなかったが、過ごした時間はビジネス英会話を勉強するよりはるかに充実していた。タバコも吸いたくならず、持っていた分はそのままゴミ箱に放り込んだ。

楽しいと言っては語弊がある。むしろ苦しいのだけれど、「何かの」ためではなく、自分や同僚が正しく生きるために必要だとはっきり思えるから、疲れることも快感だった。昔はこういう快感を、建物を造っているあいだよく味わっていた気がした。仕事とはそういうものであるべきなのだ。

家に帰って、家族全員で食卓を囲む。急に長い時間いるようになった父親に子供たちは初めはびっくりし、穂乃花など多少うざったがる雰囲気もあったがだんだん慣れてきた。

「パパ、サセンされちゃったもんね」

姉妹でそんなことを言い合って笑っているのが小生意気だが、姉からの聞きかじりに違いない麻衣はもちろん、穂乃花だって「左遷」の通り一遍の意味を知っているだけだろう。実際の会社はそんなに単純じゃない、と思っていられる余裕があれば腹は立たない。

ただ自殺未遂の件は、秘密保持云々《うんぬん》と別に、今は子供たちに聞かせたくない。やがて話す時が来るかもしれないが。

子供たちが二人の部屋に引き上げた後、片付けを始めた香澄は、食卓に残ってまた考えにふけりはじめていた成瀬に「そんなとこでぼうっとしてていいの？」と声をかけた。

「え？」

「家事の大変さが分かったなら、手伝ってくれてもいいんじゃない？」

慌てて成瀬は立ち上がった。昨晩、熊川のマンションで見たことを香澄に話し、香澄は「おー、熊川さんありがとう。子供から解放されたら、あとは遊んでたいよね」などと興奮気味に喜んでいたのである。

香澄は笑って「いいわよ。私は外で働いてないんだから」と言った。

「今はパパが何をしなきゃいけないのか、考えるほうが大事じゃない？　それが済んだらお願いするかもしれないけど」

「分かった。甘えさせてもらうよ」

椅子に座り直した成瀬だが、「いや」とつぶやいてまた立ち上がり台所に入った。

「ちょっとやらせてくれ。身体で感じないとだめだから。今までも大変なのは会社だけじゃないって分かってたつもりだった。でも人のことはつい軽く思っちゃうんだ」

「優等生になったものね」

香澄が空けた場所に立って、成瀬はシンクの皿を食洗機に入れた。

「食べ残しは流してね。詰まっちゃうから」

香澄から指示が飛ぶ。もうスポンジに洗剤を垂らして皿を洗う時代ではないんだなと改めて成瀬は感じ入った。この家を建てて——つまり食洗機のある暮しになってから一度も皿を洗った記憶がなかった。

もとの話題に戻って、香澄がつぶやく。

「確かに仕事と家事を両方って、この世で一番大変なことかもしれないわね。特に子供が小さいうちがきついの。うちはそういう意味じゃもう楽。なんて言ったら自分の首絞めるかしら。これからは受験よね。どこまで本気でやるかだけど。思春期でグレる可能性だってあるわよ」

「よろしく頼むよ。じゃない、俺もせいぜい関わるようにする」

「昔はどうしてたのかしらねえ。おじいちゃん、おばあちゃんが一緒だったからよかったのかしら。でも姑《しゅうとめ》と同居はやよね。あたしはパパの御両親苦手じゃないからいいけど、仲悪かったら最悪。仲悪い人に限って同居してる気がするなあ。それとも、同居してるから仲悪くなっちゃうのかな」

「子供の面倒見てもらうのとどっちがいいんだ」

香澄は首をひねった。

「あたしの友達だと、自分の親に手伝わせてる人が多いわね。夫の親と付き合うくらいだったら子育て一人でやるってことじゃない。いや、今はもう子供作らないのかな、そういう場合」

「ありそうな話だな」

「楽したい気持ちって際限ないから」

成瀬が食器を入れ終わった機械に、洗剤をセットしながら香澄が言った。

「手で洗ってたのを思ったらずっと楽なはずなのに、これも面倒になってきてる」

「贅沢《ぜいたく》過ぎるんだな。何も我慢しない」

「しょうがないのよ。戦後、なんて死語みたいだけど、私たちくらいから後はそういうふうに育ったんだもの。若い人はもっとだわ。パパはしのぶちゃんみたいなのがそばにいるから、ずれちゃうんじゃない」

納得する一方、若者に自分たちが知らない面がありそうな気も成瀬はしていた。熊川の知らなかった面を見たからだろう。しかしそれを言う前に香澄がまた口を開いた。

「親っていえば介護もきついわよ。子供がやっと手を離れたころに介護。うちもこれからよ。まだ四人揃ってるもんね」

「そういう言い方はやだけど、実感か」

「偉い。怒らなかったわね」

半ばは本当の感心もまじった調子で香澄は言った。

「自分が介護をみっちりやることを想像できてないから偉そうに言えるんだって、分かったからね」

「そればっかりになっちゃうと、辛《つら》いのよ。遊んでばっかりも虚《むな》しいんだけど」

「分かるな。今のところに来て二、三日でそう思った」

「でも仕事やって家事やって、そこに遊びとか休みとかも入れるって、どうするの？」

話がそこに行きついた。成瀬はお手上げのポーズを作るしかなかった。人と話せば考えは深まるが、答えがいっそう遠ざかってゆくように思える。

「ワークライフバランスってやつなんだろうけど、そんなもの実現するんだろうか」

普段政治家を無能呼ばわりしているけれど、彼らに求められるのがそのほとんど不可能なミッションだと考えると気の毒になる。悪いことでもしなければやってられないかもしれない。

「いい方法を考えられたら、俺、総理大臣になれるな」

「激務じゃない？　月二百時間残業は間違いないわね。管理職だからいいのか」

「自殺とかしないんだな。メンタル強いんだ」

「心臓に毛が生えてるんだわね、やっぱり。そういう人じゃないとできないわ」

今日はここまでの雰囲気である。

「気は焦るんだけどな」

「しょうがないわ。能力の限界ってあるのよ」

「きついこと言うなあ」

「本気で総理大臣になるつもりなの？　できる範囲でこつこつと、よ。根ばっかり詰めてもだめ。明日は上川さんとでも飲んできたら。誘われるんでしょ」

「上川さんと？」

「誰とでもいいの。私も亭主が早く帰ってくるばっかりじゃないほうがいいの」

「何だ、そういうことか」

やっと笑えた。

風呂《ふろ》に入りながら成瀬は、今ごろ熊川も子供と風呂かなと考えた。

浅田や砂場は何をしているだろうか。

ひょっとしてデート？

いや、多分違う。あいつらは、仕事に満足できないとほかのことにも手がつかないだろう。仕事を取り上げられて何をしていいか分からなくなっていそうだ。

窓越しに風がひゅうひゅう鳴っているのが聞こえた。風呂から戻った居間の、天井までであるサッシも震えだし、ペットボトルか何かが転がってゆく音が風の音に交じった。

成瀬はカーテンを開けた。庭と呼ぶのはははばかられる植栽スペースの、ハナミズキの枝が大きく揺れていた。桜に少し遅れて咲くハナミズキは、ちょうど盛りを迎えていた。

「散っちゃうのかな」

テレビでドラマを見ていた香澄は「あれは花じゃないのよ」と、画面から目を離さないまま答えた。

「そうなの？　じゃあ何？」

「葉っぱなんだって。前にテレビで言ってた」

「葉っぱが白いわけ？　後で緑になるの？」

「知らないわよ。ちらっと見ただけだもん」

「散りにくいのかな」

「葉っぱだってあんまり風が強かったら、散るっていうよりちぎれちゃうんじゃない？　でも花より強そうね」

カーテンを閉めた成瀬は、通販で買った残業問題に関する本を読みはじめたが、これまで勉強した以上の発見はなかった。特定の人間に仕事を集中させないとか、残業は悪だという意識を職場全体に浸透させるとか、論としてはもっともだが、人手に対して仕事量が多すぎるという根本的な原因への対処法はどこにも書いてなかった。

そりゃそうだ、無から有を作り出す、錬金術みたいなもんだからな——。

途中から寝床に入ってページを繰ったが、うつぶせで肘《ひじ》をついているため腕と腰が痛みだした。眠くもなってきた。

現場にいたころ、少なくともチェリーホテル時代より絶対長く寝ているのに、今のほうが眠気を催しやすい。真剣に考えているつもりでも、目の前の仕事に追いまくられるのに比べればぬるいということなのだろう。

悔しいがおそらく本当だ。人間、尻《しり》に火がつかないと必死にならない。気ばかりはやるものの先の見えなさにすぐ飽きて、風の音に耳を奪われるまま「ああ、明日は花粉がきつそうだなあ」などと思っている。

そういえば花粉症も何十年か前まで問題にされていなかった。今は二、三人に一人が患者らしいが、生活がぬるく、贅沢になったことと関係があるのではないか。

薬がまた眠気を催させるんだよな。

ついに成瀬はギブアップし、本を閉じてあお向けになった。急激に意識が薄れていった。

「パパ、ちょっと」

香澄の声で目が覚めた。成瀬は眠りに落ちてからまだ一、二時間しか経っていない気がしていた。

「俺、歯磨かないで寝ちゃったんだっけ？」

「知らないわ。そうかもしれないけどもう朝よ」

壁の時計を見る。コンタクトレンズをしていないのでぼやけているが、六時過ぎなのは分かった。確かに朝だが、関連事業部へ出勤するには少し早い。そう言おうとしたら、香澄が続けた。

「これ、パパがやってたところじゃないの」

差し出されたスマホを見てはっとした。

「強風でクレーン倒れる。横浜」

見出しの下の写真は、まさしく建設中のチェリーホテル・横浜ベイサイドだった。夜が明けないうちに撮られたようだが見間違えようはない。このあいだよりまた少し鉄骨が建て込まれている。

だが、躯体《くたい》の真ん中にそびえるタワークレーンに異変が起こっていた。長いブームが根元に近いあたりでぐしゃりと折れて、躯体最上部の梁《はり》に引っかかっている。

「ニュースでやってたからあれ、と思って。検索してみたの」

成瀬は本文に目を走らせた。

【横浜市中《なか》区の「チェリーホテル・横浜ベイサイド」新築工事現場で、強風のためクレーンが折れる事故があった。クレーンが折れたのは午前三時ごろとみられ、作業員はいなかった。けが人も今のところ見つかっていないという。気象庁によると、発達した低気圧の影響で、横浜地方では同夜、最大瞬間風速三十メートル前後の、台風なみの突風が吹いた。工事を請け負うヤマジュウ建設は、強風に備えてクレーンを固定する措置を取っていたと話している。労働基準監督署などで詳しい原因を調べる】

爆弾低気圧というやつか。昔から三、四月は「春の嵐」に見舞われることがあった。暖かい空気と冷たい空気がぶつかりあい、強い上昇気流が発生して低気圧ができるそうだが、台風なみなんていうのがちょくちょく発生するようになったのはこの十年ほどだろう。

えらいことだ。成瀬は背筋に寒気を覚えた。クレーンが折れる事故は、直接の経験はおろか、ヤマジュウでの例も知らなかった。

現場のてんやわんやが目に浮かぶ。ニュースとして報じられているくらいだから、もうみんな駆けつけただろう。タクシーでも何でも使わざるを得ない。まして時間外だのとは言っておれまい。

人的被害がなかったらしいのは不幸中の幸いだが、記事中の「措置はとっていた」というくだりが気になった。庭木の心配をしたものの、成瀬は天気予報まで調べなかった。しかし担当の現場監督だったらそれこそ神経質なくらいチェックしたはずだ。その上で必要と判断したことをやった。にもかかわらず事故が起こった。

超弩級《ちょうどきゅう》の風だったらしょうがないかもしれない。しかしニュースの一覧を見ても、チェリーホテル以外で風の被害が相次いだふうではない。

「交代させられてよかったってこと？」

「そうなのかもしれないけど――」

成瀬は香澄をにらんだ。

「俺以外みんなまだいるんだぞ」

「御免なさい」

しかも、代ったのでなければクレーンの担当は浅田しのぶのはずだ。そのことを香澄に伝える気になれなかった。

「据え付けたのは俺の時だからな。俺の責任が問われる可能性だってある」

呼び出しに備えて早めに会社へ行くことにした。もちろん責任など追及されたくないし、ヘマはしていない自信もあった。原因の調査に関わるのはむしろ望むところだ。

加藤公俊が進めた残業減らしが、今度の事故につながっているという直感が成瀬にはあった。

元の部下たちにメールしようかとも思ったがそちらは控えた。今は見るヒマさえないだろう。

会社は一見平穏だったけれど、玄関前の来客用駐車場に妙な車があった。労基署に違いない。人身事故になっていたら警察も来たところだ。受付の女性職員の顔がぴりぴりしていた。

もっとも関連事業部は見事なまでにいつも通りだ。九時まで誰も出てこない。成瀬の顔を見るとその話をしてくるが、みんな「ラッキーだったな」的な姿勢である。上川善哉など「派手にやったもんだよなあ」と嬉《うれ》しそうですらあった。

「隣に倒れ込んでたら一大事でした」

「そうだな。でもぶちあたった梁、曲がってんじゃね？」

営業でもそのくらいのことは分かるようだ。

「ニュースの写真だとよく分かりませんが狂いは絶対出てますから、鉄骨はかなりやり直しになるでしょうね。クレーンの土台もいっちゃってると思います」

「何階くらいやり直すの？」

「測量しないと分からないけど、うまくいって三セット目、下手すると二セット目からですかね」

八階、もしくは五階からということだ。五階からなら二ヵ月分の作業がパーである。十月の引き渡しは逆立ちしても無理になった。枷《かせ》がとれてよかったとも思うが、施主のチェリーホテルズが怒り狂うのは間違いない。万事思い通りにしないと気がすまない会長はどう出るか。

いずれにせよ賠償が必要になる。いくらだろうか。保険に入っているとは思うが、カバーしきれるか。対処しようがないくらいの嵐だったらよかったのにと、役員連中は思っているだろう。

「俺の定年まで、会社が保《も》たないかもな」

そんなことを言いながら、上川はなお楽しげだった。指摘したら、「死人けが人が出たらさすがに気分よくないけどな」とあっさり認めた。そういえば成瀬自身も、会社が危機に瀕《ひん》することへの恐怖はどういうわけか感じなかった。

「元請けの責任は逃れられませんよね。あとはサブコンとの過失割合くらいでしょう」

「会社としちゃ最後の希望だ。どうなんだろうな」

「俺も労基署に話聞かれると思います。何か分かるかもしれません」

「いいね。面白くなってきたじゃん」

しかし成瀬には労基署はおろか、工事部や会社の管理部門からもまったく接触がなかった。待ちくたびれた成瀬は熊川に様子を訊《たず》ねるメールを打った。

てんやわんやのところ済まないと謝ったのには、熊川は【自分たちができることはほとんどないので、作業が中止になった分のんびりしてます】と書いて寄越した。

【後で、労基署に何訊《き》かれたか書類作って報告しろって言われそうですけどね】

なるほど。加藤ならきっとやらせそうだ。しかし皮肉な調子はそこまでで、熊川は【心配してた通りになりました。こうなる前になんとかすべきでした】と悔やんでいる。

【元はといえば俺の力不足だ。申し訳ない】

成瀬としてはそう返信するしかなかった。

ただやりとりを通じていくつかのことが分かった。強風が予想される場合、ブームが煽《あお》られて動かないよう、垂れさがったフックを固定しておくのが基本である。今回もそれはやった。

しかしより強い風に対しては、ブームを寝かせてワイヤをかける措置を取ることがある。今回はフックだけだった。まさに浅田がどうしてそう判断したかが焦点になっている。

ますます浅田と連絡を取りにくくなったが、砂場良智にはその晩、意を決してメールを送った。しかし返事が来ない。気をもんでいると、次の朝になって着信があった。

【社内の人間であっても今回の事故に関する情報を流さないようにと、加藤所長から厳命がありました】

思った通りである。

【ですが、しのぶさんを心配してくださる所長（としか呼べないですね。「成瀬さん」、は自分にはやっぱり無理です）のお気持ちが嬉しくて、加藤所長の指示を破ることにしました。加藤所長には正直いろいろ言いたいことがあります。今度の事故とも、直接でないとしても関係ある気がしてなりません】

砂場もそう思っているのだと心強かった。

ただ、砂場によると、フックだけという判断になった一番の原因は、鳶《とび》の職長である松岡隆の進言らしい。

松岡は加藤の方針に忠実だった。当日は水曜日でこそなかったが、ワイヤかけには時間がかかるから、松岡が加藤の意向を先回りした進言だったろうと砂場は推測していた。

事故の後で浅田は、ワイヤもかけたほうがいいと思っていたことを砂場に漏らした。はっきり主張しなかったのを後悔しているとも言った。実は職人たちからも「ワイヤいらないんですか」の疑問が上がっていた。

しかし松岡は労基署に、浅田がフックだけの判断をした旨主張しているようだ。

「絶対に違う」

浅田は声を震わせて砂場に訴えた。労基署にもそう話しており、いずれ松岡の嘘が暴かれるだろうと言っている。

【今そのことは、しのぶさんに聞かないであげてください。労基署にも、加藤さんにも怒られますから。はっきりした結論が出るまで表に出しちゃいけないそうです。ニュースにしたくないってことだと思うんですが】

ひと通りのことが分かって成瀬も少し落ち着いた。浅田は悔やんでも悔やみきれない気持ちだろうけれど、どちらが悪いといえばやはり松岡だ。悪あがきをしているようだが、そのへんは労基がきちんと白黒つけてくれるはずだ。

浅田に大きな傷はつかない。ヤマジュウも、一番怖い業務停止は免れそうだ。松岡の会社である橘建業との賠償割合は難しいところだが、半々より有利に運べるのではないか。

成り行きを見守ろうと思った成瀬は、しかし改めて思った。

法的なものと別に、やはり加藤の責任は問われなければならない。今の流れで話がおしまいになったら、彼もほとんど無罪放免である。

事故に懲りてやり方を改めるなら結構だが、成瀬には怪しく感じられた。現場運営の過ちを加藤が認めるとは考えにくい。プライドの問題ばかりでなく、先々の出世に影響するからだ。事故と残業削減の関係を否定してこれまで通り突っ走るのではないか。

砂場と夜、今度は電話で連絡をとって危惧《きぐ》が深まった。

「作業のほうはどうなってるんだ」

「片付けの許可が出ましたから。明後日くらいから本格的に再開じゃないですかね」

やはり業務停止にはならないようだが単純に喜べない。

「人手を増やすとか、そういうことは?」

「あるわけないですよ」

砂場は自嘲《じちょう》気味に笑った。

「加藤所長ですよ。会社に迷惑をかけたんだから、何としても取り返さなきゃいかんって、カリカリしてます。増員願なんか絶対出してくれませんって」

「大丈夫なのか?」

「さあ、としか言えませんね。しのぶさんはまだ事情聴取が続いてますし。熊川さんも相変わらずだし」

そこに触れるのは今はやめておく。熊川にも悪いけどと断ってある。

「引き渡しは?」

「まだチェリーホテルズと詰めるとこまでいってませんけど、できるだけ違約金を減らしたいみたいですよ、加藤さんは。実質俺一人でどうしろってんですかね。もう二、三回事故が起こるんじゃないかな」

その時、成瀬の頭にアイデアがひらめいた。荒唐無稽《こうとうむけい》と言われそうだが、今なら受け入れられるかもしれない。試して損はない。

「助けになってやれるかもしれないぞ」

「どういうことですか？」

「上手《うま》く行ったら教えてやる」

不審そうな砂場に、成瀬は付け加えた。

「一応、俺の呼び方考えとけ。『所長』以外でな」

翌日、成瀬は伊藤征治に直談判した。

「私をチェリーホテルに戻してくれませんか」

「何言うてんねん」

相手にされないのは予想通りである。

「事故があったじゃないですか。加藤も私と同じ立場では？　いや労基が入っちゃったんだからもっとまずいでしょう」

小賢《こざか》しい、と伊藤は言いたげだった。

「そのうち正式な発表がある思うけど、あれは鳶のせいなんや。それに、お前の時と違《ちご》うて36協定も加藤がきっちり守らせとる。労基やろうと何やろうと怖いことあらへん。加藤を外す理由もあらへん」

「なるほど。いや、そうだろうとは俺も思ってました」

成瀬は澄まして続けた。

「別に所長に戻せって言ってるんじゃないんです。技術者はいくらいたっていいでしょう。私をヒラの現場監督で使ってくださいよ」

伊藤は虚を突かれた表情になった。

「ヒラで？　お前、一応課長なんやで。そんなことできるか」

「私が希望してるんです。給料ダウンも承知です」

八十時間でも残業があるから、たいしたダウンにならないと踏んでいたが、そう見得を切った。

「何かたくらんどんのか」

警戒して伊藤は言った。

「せっかくこのあいだの異動、目立たんようにしたったのに」

そちらの都合だろうと内心でつぶやきながら、成瀬は粘った。

「現場がいいって泣きついてきたことにして下さい。嘘でもないです。関連事業部に席を作ってもらったご配慮には感謝してますが、退屈でやりきれないんです。現場が好きなんだと分かりました。口はばったいようですけど、現場監督の仕事はひと通りできます。お役に立てると思いますよ。もちろん数量拾いでも、必要とあらば使い走りでも」

そういって深々と頭を下げた。

「ちょっと待て」

ついに伊藤も心を動かされたらしい。工事部として魅力的な話に違いなかった。

「俺の一存では決められん。少し待て」

「ありがとうございます」

その先はほとんどとっさに思いついたことだった。

「ついでにもう一つ、上に訊《き》いてみてもらえませんか。うちのかみさんご存じですよね」

「ああ、三谷《みたに》さんな」

妻の旧姓を口にした伊藤に成瀬は言った。

「パートで使ってもらえませんか。パートっていっても現場監督です。事務は近藤さんがいますから。十五年近いブランクがありますけど、新しいこと教えても高塚なんかより憶《おぼ》えは早いと思いますよ」

# 12

わずかひと月で元の部署に戻ることを含め、あまりに異例づくしのため役員会にまでかかったそうだが、最終的に成瀬和正の申し出は受け入れられた。

「給料が戻るわけでもないのに、何できつい仕事やりたがるのかね」

上川善哉は呆《あき》れ顔だった。

「上川さんはサラリーマンのプロだな」

成瀬は笑って言った。このごろは上川が憎めなくなってきて、別れるのが残念なくらいだった。

「誤解してほしくないんだけど、俺も、楽なの嫌いじゃないです。ここでずっとだらだらしてようかなって思ったことも正直ありますよ。そう決めて、道を全うしてらっしゃるみなさんを尊敬してます。揶揄《やゆ》してるわけじゃありません。でも俺はやっぱり、サラリーマンのプロより現場監督のプロでいたいんです」

「ナルちゃんが好んでやるんだったら、止めようないよな。ああ勿体《もったい》ない、勿体ない」

上川は餞別《せんべつ》だと言って、自分のデスクに置いていた猫の置物をくれた。丸くなって眠っている姿の焼き物である。「せいぜい頑張って頂戴《ちょうだい》」と言われたが、これを見ながらは頑張りにくいなあと成瀬は苦笑した。

発令は五月一日からだが、関連事業部の了解も得て、成瀬は内示の翌日、横浜へ出勤した。

「所長！」

「じゃない呼び方を考えとけって言っただろ」

「済みません――」

謝りながら砂場良智は涙ぐんでいた。もちろん異動は全社員に流れていたし、砂場にはその前から詳しい事情を含めて知らせておいたのだけれど、実際に成瀬を目にした感慨は大きいようだった。

「ところで」

一転不審そうに砂場は「こちらは？」と、成瀬の後ろで事務所の中をきょろきょろ見回している中年女性に視線を向けた。

「何だ、加藤から聞いてないのか」

そのことは少々照れくさくて、成瀬もことさらには話さなかったのだ。

「はい、今日から所長――じゃなかった。ええい、済みません。成瀬さんでいかせてもらいます。成瀬さんがいらっしゃることしか」

「もう一人、パートだけどな、一応現場監督ってことで入る」

「パートの現場監督？」

「ま、ずいぶん久しぶりだから新人並みに扱ってくれ。ちなみに俺の女房だ」

ええ、とのけぞる砂場に、成瀬は「俺もお前らの後輩になるわけだから。こき使ってくれよ」と言った。

相談もなく「パート現場監督」に手を挙げさせられたと知った当初、香澄はびっくりし、怒った。

「すまん。すごくいい思いつきな気がして口走っちゃったんだ」

平謝りしながら成瀬は「大丈夫だ。俺の出戻りだけでも通らない率のほうが高いよ。二ついっぺんに試してみるほどうちの懐は深くない」と宥《なだ》めたのだったが、数日後の取締役会は予想外な懐の深さを示してしまった。

それだけ人手不足が深刻なのだ。改めて感じ入りつつ成瀬は焦った。「俺の勇み足だった」と、香澄の件は辞退することにし、本人に伝えた。

「いいわよ、もう」

香澄の返事も意外だった。膨れっ面を作っていたが、本気でないのがすぐ分かった。

「いろいろ考えたの。確かに今はそんなに忙しくないし。受験勉強見ようたって、難しくて手に負えないから、ちょっとでも稼いで家庭教師雇うほうがいいかって思ったの」

仕事をしてみたくなったのなら素直にそういえばいいのにとおかしかったが、からかってへそを曲げられてもまずいので、成瀬はありがたく香澄の心変わりを受け入れた。

「こういう働き方もあるんですね」と感心しきりだったのは熊川である。

「うちは一緒の職場で働くのちょっと無理そうですけど」

「あなたが熊川さんね」

香澄は「子育てなんて案外すぐおしまいになっちゃうと思うわ。もうちょっと子供と関わっていたかったな、なんて大変だったころを懐かしむのかもよ」と熊川に発破をかけている。

いい機会だと、熊川の家庭での奮闘ぶりを成瀬は初めて砂場に話した。砂場は「そうなんですか」を連発した。

「今は男だって何でもできないと結婚できないのよ。成瀬のころはまだぎりぎりセーフだったけど」

今度は砂場に香澄が言った。

「自分、不安になってきました。熊川さんに教わらないと」

真顔で砂場がつぶやいたのでみな大笑いした。

いや、みなではない。朝礼まで多少間があったので加藤公俊の姿はまだなかったが、部屋にいた中でも浅田しのぶは、成瀬が現れると席から立ち上がったものの、近づいてくるでもなく、ぼんやり様子を眺めるふうだった。

「大変だったな。元気か」

成瀬は自分から歩み寄って声をかけた。

「ほんと久しぶりねえ」

香澄も抱きつかんばかりだったが、浅田は硬い表情のまま「よろしくお願いします」と小さく頭を下げただけだ。

「よっぽど参ってるのかな」

「そりゃまあねえ」

後で成瀬は香澄とささやき合った。

さらに成瀬は折を見て、事故の状況や前日の松岡隆とのやりとりについて訊《たず》ねてみた。砂場情報であらましは知ったものの、やはり本人の口から詳しく聞きたかった。

それも出戻りを志望した理由の一つである。

しかし浅田は「その話はしちゃいけないので」と口を濁した。香澄に対しても心を開く様子がないという。

「あんな子じゃなかったと思うんだけどな」

「いや、このあいだまでは全然雰囲気違ったんだって」

成瀬としては弁護したくなる。

「疲れてんだよ。無理ないよ。労基の取り調べも、これだけの事故だと相当だろうから」

よそよそしいと言えば、加藤の態度も徹底していた。

顔を合わせた時からして、事務所に入ってきた加藤は、成瀬が目に入らないかのように奥の自席へ真っすぐ向かった。それを成瀬が呼び止めた。

「所長。押しかけてきたみたいですけど、精一杯頑張りますんでどうかよろしく」

同期であることは脇に置き、礼儀をわきまえた挨拶《あいさつ》をしたつもりだ。

「ああ」

加藤は面倒くさそうな声を出した。

「席は分かった？　悪いが、高塚ってのが使ってた一つしかないんだ。パートさんと共用してくれ」

それだけ言うとまた歩き出し、しばらくデスクに向かった後で思い出したように砂場を呼んだ。砂場が加藤から渡されて成瀬に持ってきた紙に現場監督の担当表が書いてあった。直接くれればよさそうなものだ。朝礼でも、成瀬の紹介は「手伝いに戻ってくださった」というだけの至極簡単なもので、香澄については成瀬のアシスタントであるかのような説明をしておしまいだった。

仕事がはじまると、報告したり指示を求めたりで直接言葉をかわす機会がそれなりにできたが、加藤はやはり極力事務的に話を済ませたがった。

実は伊藤から、成瀬の現場復帰には、加藤が最も強く反対した旨を聞かされていた。さすがの加藤にもクレーン事故は大きな負い目で、上層部が乗り気になると抵抗しきれなかった、ということのようだ。

そりゃあ誰だって、降格されたにせよ前任者が舞い戻ってきたらやりにくいだろう。しかし成瀬も加藤の頭越しに「元部下」たちに指示を出すようなことはしないし、そうとられかねない言動も細心の注意を払って避けている。

職場を思い切り自分の色に染めたいタイプだろうからな、あいつは。

そう考えて自分を納得させたものの、数日後砂場から、労基署が成瀬を呼び出そうとしたのも、加藤が「今の事務所員で全部分かるから」と止めさせた話を聞いて考え込んだ。

事故の日、そのつもりで待っていたのに拍子抜けだった裏に、そんなわけがあったのか。加藤が成瀬を守ろうとしたとは考えにくい。単純に来てほしくなかったのだ。俺、そこまで加藤に嫌われることしたかなと、いぶかしく思ったくらいである。

もちろん、出戻った本心を見抜かれている可能性は否定できない。加藤が事故前の強引な残業減らしを改めるのか見極め、改めないなら再考を促したいと成瀬は思っている。加藤にとって危険な存在なのである。

一方で、現場監督の不足を補い、元部下たちの負担を和らげたい思いにも偽りはなかった。

成瀬の担当は、熊川がメインでやっている鉄筋工事、コンクリート工事の補助につくことになった。これで砂場は現在メインで担当している、下層階からはじまりつつあった外装工事に集中できる。

香澄は新人らしく写真が中心だ。しかしひいきなしに見て高塚宏の五倍は使える。道具を落とすようなヘマはしない。写真を誰かが撮ってくれるだけで、ほかの現場監督にはずいぶん時間と労力の節約になる。

しかしクレーンを含む鉄骨工事は、浅田が一人で担当する態勢が変わらなかった。工程表を持つ浅田はもともと一番たくさん仕事を抱えている。事故がらみで提出しなければならない書類が膨大なのは言うまでもない。

「俺が鉄骨もアシスタントで入ろうか」

成瀬が申し出たが、加藤は「必要なら私が入る。こんどのことは、勉強のためにも最後まで浅田にやらせる」と断った。

タワークレーンの壊れたブームを取り外す作業が始まっていた。幸い、クローラークレーンが資材搬入用に残してあったので、それを使ってまずまずのスピードで進んでいる。鉄骨の損傷個所《かしょ》の点検、一部取り換えと建て入れ直しといった作業もとりあえず順調だ。

すべて浅田の仕切りである。当然加藤とは打ち合わせをしているが、他の現場監督は蚊帳《かや》の外だ。事故を出してしまった以上、後始末も自分でという思いからかもしれない。加藤の説明も納得できないではない。

だが成瀬は引っかかりを感じた。

事故の原因については労基署も、松岡隆の進言でフックによる固定だけになった旨の認定をする見通しが固まった。松岡が当初の「浅田が指示した」という主張を取り下げ、非を認めたのだ。

しかし、元請けの責任がゼロということは絶対にない。文字通り、職人を監督するのが現場監督だからだ。浅田だけの問題でもない。加藤はもちろん、ほかの現場監督たち全員に、危険を見過ごしにした、あるいは見抜けなかった落ち度がある。

ならば事故の後始末を全員でやるのが筋だろう。それこそ勉強になる。なのに加藤は、浅田以外の事務所員をむしろ遠ざけているように見える。

浅田に仕事を抱え込ませて、残業制限を守れるのかも心配になる。加藤が管理職の

「特権」で働きまくってカバーするのだろうか。決まりは守れるかもしれないが、あるべき姿とは思いにくい。

そういえば加藤は工程表も、浅田以外には頑として触らせようとしない。事務所のナンバー2がやるのが一般的だけれど、非常事態だからこだわらなくていいと成瀬は思う。

実を言えば自分でやるつもりでいた。浅田に敵《かな》わないのは前に嫌というほど分かったし、加藤体制下での恐ろしい進行スピードも理解できないが、どうせいろいろなところに目をつぶった工程表なのだから、やり方をつかめばでっちあげられそうだ。成瀬の「格」はもちろん、工程表を受け持つのに不足ない。

「一番下っ端」を標榜《ひょうぼう》していることもあって、自分から言いだすのは控えたのだけれど、成瀬にやらせるのが明らかにベストだと思う。なのに加藤はそうしない。成瀬を嫌っていても、現場所長として損得を冷静に考えればありえない判断だと思う。それこそ加藤らしくない。

砂場と熊川も同じように感じていた。

「松岡さんに近づけたくないんでしょう」

「ってことなんだろうなあ」

熊川の意見に成瀬、砂場とも賛同した。工程表を作るにも、少なくとも今は鳶《とび》との折衝が一番多いことを考え合わせると、有力な推論である。

松岡は事故後、当然ながら難しい立場に置かれた。職長を交代させられてしかるべきだったし、サブコン自体の入れ替えもありうるケースだ。

しかし橘建業も松岡も居座っている。人的被害がなかったこと、賠償に誠実に応じる姿勢を見せていること、何より職人不足で他の鳶業者など見つからず、橘の中でも松岡の代りがいないことからそうなったようだ。

かくして松岡率いる橘の鳶たちが、壊れたクレーンを撤去し、新しいのを設置している。鉄骨建て込み、外装パネル取り付けと、この先もずっと重要な作業を担い続けることになる。

「確かに、どう接するか難しいよな」

成瀬は言った。

居座りが許されたのをいいことに、というわけでもなかろうが、松岡は事故で凹《へこ》むどころか、もともとあった横柄の気味が増したように思う。成瀬とすれ違ってもろくに挨拶しない。高塚の件でミソをつけ、落ちるところまで落ちた奴と見くびっているのかもしれない。

ほかの職人たちは、たとえば左官の職長・安村幸造など「おう、出戻り」と口は悪いながら気軽に話しかけてくれる。

「奥さん、美人じゃないか。しのぶちゃんと目移りしちゃうよ」

相変わらずなのにほっとさせられるが、松岡とどうしても比べてしまう。

「滅多な奴に松岡さんの相手させられないのは分かるんだけど。手綱締めてないと危ないし、かといって逆ギレされても面倒だし」

熊川がつぶやいた。

「それにしても加藤さん、浅田さんに絶大な信頼を寄せてるね」

「デキるからですよ」

だからどうしたと言いたげな反応を砂場が示した。

「加藤所長だろうと誰だろうと、優秀な人材を重用するのは当然でしょう」

「まあな」

砂場の心のうちが手に取るように分かるので、成瀬はおかしくなる。

砂場はむきになってさらに言った。

「しのぶさん、加藤所長に信頼されてるからって、全然嬉《うれ》しそうじゃないですから。ほんと、このごろ暗いんですよ」

それは成瀬、熊川とも認めないわけにいかない。

香澄も、折にふれて浅田と話そうとするのだが、まるでうまくいかないらしい。別人になってしまったように成瀬には感じられた。

ただ香澄は、そういう浅田に憶《おぼ》えがあると言う。

「あの子は、できないって思われるのが嫌なの」

「そりゃ前からだろ。それでも健気《けなげ》に元気よく仕事してたぞ」

「できるところを見せるためでしょ。でも今回は失態を見られちゃったわけじゃない」

「浅田の責任はそこまで重くないよ」

「だとしても気にするのよ、あの子は。大きな失敗をしたことなかったんじゃないかしら。慣れてないのよ」

成瀬は砂場と一緒に、浅田を食事に連れ出そうともした。残業禁止だとやりやすい。しかし浅田は拒んだ。理由も何もなく「そういう気分になれないんです」と言うのだ。

よっぽど重症だと頭を抱えたが、香澄が一計を案じた。今年は十連休になるゴールデンウィークが間近に迫っていたが、これも大手を振って休める、というより休まざるを得ない。その一日、成瀬の家に、現場監督たちを招待してパーティをやろうというのである。

「熊川さんとこの奥さんとお子さんも呼びましょうよ」

香澄の提案に成瀬は一も二もなく賛成した。今は熊川の妻に会う心の用意もできていた。香澄がそこまでするのを断れないと感じたのだろう、浅田も行くと言った。

悩ましかったのは、加藤をどうするかだった。無視するわけにもいかず、とりあえず声をかけた。返事は「考えとく」だった。気をもんでいると、しばらくして「別に用ができた」と素っ気なく伝えてきた。

めでたしめでたしと思ったのもつかの間、まさかの展開が待っていた。すでに連休に突入していたパーティの前日、浅田から参加できなくなった旨のメールが届いたのである。

成瀬家を訪れてそれを知らされた者たちは驚き、落胆したけれど、もちろんパーティは予定通りに開かれた。

香澄を手伝って、料理を皿に盛りつけたり、テーブルに運んだりかいがいしく働いている熊川に成瀬がささやいた。

「どういうことなんだろうな」

「妙ですよね」

「まさか、加藤と浅田がデキてるとか？」

耳ざとく聞き付けた砂場が「やめて下さい」と本気で怒った。

「冗談だって」

成瀬は懸命になだめて、砂場に熊川の息子、悠人の相手をさせた。最初は気乗り薄だった砂場だが、子供を前にすると仏頂面でばかりいられず、抱き上げてあやしはじめた。悠人のほうも、成瀬よりとっつきやすいようで、すぐなついて盛んに笑い声をあげている。

「子供、可愛いですねえ」

砂場もいつの間にかめろめろだ。父親の適性はかなり高そうだ。

「手がかかるんだよ」

熊川が言ったのに、「必要な手をかけてあげられないのはやっぱり問題ですよね」などと応じている。まったく人というものは、何かの拍子に、良くも悪くもすっかり変わってしまうものらしかった。

熊川の妻は、想像していたのと違う、大人しそうな女性だった。ぱっと見のイメージはむしろ家庭的に感じられた。少なくとも、ばりばり働く男勝りとは思いにくい。

「私、すごく不器用なんですよ」

しゃべり方もおっとりしていた。

「だから仕事すると、どこも手を抜けなくて。メリハリつけたほうがいいんですけどね。ブルドーザーみたいに仕事をこなせるわけでもないから、いっぱいいっぱいになっちゃいます」

夫は器用で体力もある、いてくれてありがたいと妻は言うのだった。

「結婚してなかったら、私どうなってたかなって思います。休みの日もきっと全部仕事だったな」

「奥さんの会社だって、四月からやたらには残業できなくなったんじゃないですか」

「ああ、もちろんやってますよ。なんかいろいろ。でも結局サービス残業でどうにかしちゃってますね。査察でも来たら別なんでしょうけど。うちみたいな小さな会社にはまず来ないですから」

他人事《ひとごと》のような話を聞いて、成瀬は、業界、企業によって法律が変わった影響も一様ではないのだと改めて考えさせられた。

「あれ？」

熊川の妻が声を上げた時、本人はそういうつもりでなかったのだろうが、調子が平坦《へいたん》なままなので、成瀬に注意を促しているのだとはじめは気づかなかった。

「外から覗《のぞ》いてる人がいますよ」

成瀬が顔を動かした瞬間、そいつはさっと身を翻して視界の外に消えた。玄関から表に出た成瀬の目に、人影が走って先の四つ角を曲がるのが見えた。後を追いかけたが、角まで来た時、人影が向かった方には誰もいなかった。もう一つ先の角まで行っても同じだった。

舌打ちして成瀬は引き返した。腹立ちまぎれに停まっていたミニバンを蹴とばしそうになった。

戻った成瀬に香澄が「誰？」と訊《たず》ねた。飛び出していったのを見て、熊川の妻から事情を教えてもらったのだろう。

「分からなかった」

「しのぶさんじゃないですか？」

息せき切って砂場が言う。

「男か女かもよく分からなかった」

そう言ったものの、女だったような気が成瀬にはしていた。スカートではなかったが、明るい色のスプリングコートらしいものを着ていたのだ。浅田のそれによく似た色だった。

## 13

翌日もまだ休みである。

去年のゴールデンウィークは何日休んだだろう。二カ月前までを思い出すと夢のようだと成瀬は思った。時間を持て余してしまうが、さあ何をしようかと悩める贅沢《ぜいたく》も悪くないと、認めないわけにいかない。

ずっとやる暇がなかったゴルフを再開するか。上川善哉に頼んでお供させてもらうのもいいだろう。あるいは別の趣味をはじめるか。

いや、半分くらいは香澄を手伝わなければいけないのだな、と考え直す。働き出した香澄は、休日にまとめて洗濯や掃除をこなしている。分担すべき筋だ。自分から動くところまでいかず、つい香澄に任せてしまうのをまずいと思うが、長年の習慣は簡単に変わらない。

会社にもいるなあ。

新しい工法や機械の扱い方を覚える気がまるでなく、職場のお荷物になってしまった奴。人を批判できない。ゴールデンウィークのうちに家事のいくつかは習っておこう。

しかし昨日はみんなに後片付けまできれいに終わらせてもらったため、格段することがないと香澄は言った。

「料理もちょっとしたくないな。どこか出かけない？」

休日でも穂乃花は部活というのが通常パターンだが、学校も働き方改革の影響を受けている。今年度から顧問の負担軽減で活動日が減ったらしく、今日は姉妹揃って家にいた。本音を言えば親より友達がいいのだろうが、誰も捕まらなかったのか二人とも「私も行く」と言った。

「じゃあ久しぶりに家族でどっか行くか」

渡りに船と乗ってしまうのが少々情けなかったが、香澄の提案なので、家事を習うのはまたの機会にと成瀬は決めた。

「横浜どう?」

香澄が続けて提案した。成瀬も膝《ひざ》を打った。このところ毎日夫婦で通っているけれど、現場と家を往復するだけである。特に香澄は、夕食の支度をしに真っすぐ帰るから、残業がなくても中華街で食事とはいかない。

そのへんもいずれ改善する必要があるだろう。しかしとりあえず今日、電車の窓から見たり通りかかったりしているだけの名所を楽しみに行ってもよさそうだ。

子供たちも賛意を示した。三十分後に成瀬一家は出発し、四十分あまりをかけて横浜駅に着いた。ネットで調べた情報に従って、水上バスでみなとみらいに向かう。バスといっても遊覧船みたいなもので、旅行気分が味わえた。

みなとみらいでは、まず観覧車に乗った。港に並んだクレーンを目にして、麻衣は「キリンみたいだ」と言った。船に荷物を積み下ろしするためのものだろうが、建設用のよりブームを支える胴体部分が大きいので、なるほどキリンのように見える。

係留した帆船の中を見学し、大阪の「あべのハルカス」に抜かれるまで日本一高かったランドマークタワーに向かった。観覧車に乗ったばかりなのと、エレベーターをかなり待たなくてはならないようだったので展望フロアはパスしたが、成瀬は前に何度か上ったことがあった。

　何度訪れても、建築屋として「こういうのを造ってみたい」と憧《あこが》れさせられるビルだ。現場監督は何人いたのだろう。どれほどの苦労が詰まっているのか想像すると気が遠くなる。

　ランドマークタワーの展望台ばかりでなく、どこも人でいっぱいだった。ゴールデンウィークだから当たり前だが、十連休の今年は猫も杓子《しゃくし》も海外旅行みたいな話だったので、さほどでないと思い込んでいた。そんなわけはない。

　どうにか食事をして、歩いて赤レンガ倉庫まで行き、また人にもまれるようにいくつかの店を見て歩くと、子供たちもかなりバテてきた。親はなおさらである。カフェの類《たぐい》も満員で入れない。夜は中華街でと思っていたがまだ間がある。

「ゆっくりできるところない？」

　穂乃花が言った。

「観光地はどこもこんな感じだと思うよ」

「観光地でなくてもいいよ」

「って言ってもな」

「関内のほうへ向かったら、途中に普通の店があるんじゃない。休んで、元気があったら山下公園でも行って」

目論見《もくろみ》は当たって、県警ビルのそばに古びた喫茶店が見つかった。意外にケーキなどもおいしく、棒のようだった足に力が戻った。

「パパたちが建ててるホテルってどこなの」

足つきのカップに残ったアイスを食べ終わった麻衣が質問した。

「ここからそんなに遠くないよ。山下公園に行くなら途中だな。行ってみるか」

「いいよ、そんなの」と穂乃花は渋ったが、親の仕事場を見せておきたい気がにわかに成瀬のうちで高まった。香澄も関わっているのだし、こんな機会は滅多にない。

「あれだよ」

大通りを五、六分また歩いたところで見えてきたチェリーホテル・横浜ベイサイドを、成瀬は指差した。

「あんまり大きくないいんだね」

麻衣が少しがっかりしたふうにつぶやく。

「ランドマークタワーに比べたらな」

成瀬は苦笑した。

「それにまだ途中だし」

「クレーン、折れちゃったんでしょ」

「ああ。でも新しいの付けたから大丈夫だよ」

そこまで大きくないと言ってもヤマジュウが手掛けるものとしては最大級の十五階建てだ。紆余曲折《うよきよくせつ》はあったが、鉄骨の組み直しが一セットで済んだこともありまた三分の二近くまで建ち上がりつつある。仮囲いまで来て見上げると結構な存在感だった。

「すごいじゃん」

麻衣はさっきの発言を忘れたように感心しているし、興味なさそうにしていた穂乃花まで「このあと壁とかどうやって造るの」などと質問してくる。来てよかったと成瀬は思った。

「中、入れないの？」

「見せてやれたらいいんだけどな。今日は現場、閉めちゃってるから」

誇らしい分、残念な気持ちで答えたのと、香澄が「あれ、事務所に電気ついてるよ」と言ったのはほぼ同時だった。

確かに、仮囲いの上に見えるプレハブの二階で、蛍光灯が白く光っている。

「加藤かな」

「でしょうね」

成瀬と香澄は顔を見合わせた。加藤公俊とあえて接触したくないが、仮囲いには入りたい。

「仕事するわけじゃないんだから、いいんじゃない？　子供に見学させるってことで」

「あいつ認めてくれるかな。ごちゃごちゃ言われそうだな」

成瀬は弱気になったが、「とにかく訊《き》いてみたらいいじゃない」と発破をかけられてゲートへみんなを先導した。

インターホンを押したが反応がない。電源を切ってあるようだ。しかしゲートがわずかに開いていた。

「入っちゃいましょうよ」

香澄はゲートの隙間を押し広げて身体を滑り込ませた。子供たちがついてゆく。しょうがないので成瀬も中へ入った。

「すごーい」

穂乃花と麻衣が声を揃えた。タワークレーンとクローラークレーンが向かい合っている。真下に近い位置から見上げることは普通ない。

「キリンっていうより恐竜だね」

さらに近づこうとした麻衣を成瀬は制した。ヘルメットなしでの立ち入りが禁じられている線を越えそうになったからだ。

「ちょっとくらいいいじゃん」

「だめだ」

成瀬は言った。

「一メートルや二メートル、大丈夫って思うかもしれないけど、そういう決まりはきっちり守らなきゃいけないんだ。ちょっとずつ気持ちがいい加減になって、最後は本当に危ないところまで入っちゃう。臆病《おくびょう》すぎるくらいでちょうどいい」

「そうよ。工事現場って油断が冗談抜きで命取りになるから」

香澄も援軍に入ってくれて、子供たちが納得とまでいかないながら戻った時、「誰だ！」と鋭い声が降ってきた。プレハブ二階の窓が開いて加藤がこちらを見下ろしていた。

「成瀬？　何してる」

こうなっては下手に出るしかない。

「済みません。家族でこっちに遊びに来てまして。ついでに親の仕事場を見せようって考えたんです。ノーヘルゾーンから出してませんから」

「どこであれ部外者は立ち入り禁止だ」

加藤はけんもほろろだった。

「現場事務所員の家族じゃダメですか？」

「若者に建設業への関心を深めさせることになると思いまーす」

香澄が加わっても加藤にはまるで効かない。

「早く帰れ。ゲートをきちんと閉めておくように」

言い捨てて窓を閉めてしまった。

「何あれ」

子供たちが憤慨している。

「パパとママ、あんなのに使われてんの？」

「いろいろあるんだよ。あいつ、会社じゃ偉いんだ。下手したら社長になるかも」

「最悪」と麻衣が顔をしかめた。

ともあれ引き上げるしかない。成瀬と香澄は子供たちを促してゲートへ向かった。

ゲートのすぐ手前に業務車両の駐車スペースがある。ヤマジュウのものを含めた各社の車に交じって、知らないミニバンが停まっていた。しかし成瀬はその車に見覚えがある気がした。

加藤が家から乗ってきた車と思われたが、もちろん加藤も普段は電車通勤だ。これまで彼の車を見る機会はなかったはずである。

もちろん同じ型、色の車はいくらでもある。不思議がることはない。ただ、加藤のだとすればやはり興味をそそられて、成瀬は中をのぞき込んだ。

後部座席にコートらしい服が無造作に放り込まれていた。はっとした。昨日、自宅前から逃げた奴が着ていたのと同じ色だ。そしてそのミニバンが、そいつを追いかけて走っていった四つ角近くに停まっていた車だと思い当たった。

どういうことだろう。

コートの色は、浅田しのぶのスプリングコートとそっくりだ。しかしこのごろは初夏といっていいような陽気で、一般的な感覚だとコートは暑すぎる。実際浅田も、四月の半ばくらいからあとは着ていなかった。

逃げていった人影を成瀬は浅田だと思った。加藤に言われて偵察に来たのではないかと。しかし加藤その人だったとしたら？

浅田にパーティへの参加を断らせたものの、本当に来ていないのか不安だった。成瀬たちに見つかっても、浅田と思わせるようこのコートを着た。加藤は男としては小柄で、体つきも華奢《きゃしゃ》なのである。

「どうしたの？」

声をかけられて我に返った。香澄が何事だというふうに見つめている。

「すごく怖い顔してるわよ」

「ちょっと待っててくれ」

成瀬はプレハブへ駆け出した。階段を駆け上がって事務所のドアを押し開ける。

デスクでパソコンに向かっていた加藤がはじかれたように顔を上げた。その前へ成瀬は進み出た。

「まだいたのか」

メガネをずり上げて加藤は成瀬を睨《にら》んだ。

「早く帰れと言ったはずだ」

「昨日、俺の家の前にいませんでしたか」

加藤は無表情に「何の話か分からん」と答えた。

「俺の家を覗《のぞ》いたでしょう。誰が来てるか確かめたかったんじゃないですか。いざという時のために、浅田に似た格好までして」

「馬鹿なことを言うな」

「下のミニバン、加藤のだよな」

敬語を使うのをやめて成瀬は迫った。

「おかしな奴を追いかけた先で見たぞ。お前、ひょっとしたらあの中で小さくなってたんじゃないか」

「口を慎んでくれ」

加藤の口調はどこまでも冷静で、しかし傲慢《ごうまん》だった。演技だとしたら大したものだ。

「私はお前の上司だぞ。無礼な発言は許さない。お前、その車のナンバーを控えたのか？ 私の車だったという証拠はあるのか？」

これには成瀬も詰まった。加藤がすかさずたたみかける。

「根拠のない誹謗《ひぼう》中傷だな。部下でなければ訴えるところだ」

　ふと加藤が使っていたノートパソコンが目に留まった。いつの間にか閉じられていたがそれでロゴがはっきり見えた。

「会社のパソコンじゃないな」

　加藤の表情にやっと動揺が表れた。

「所長がどうして残業をごまかさなきゃならんのだ」

「勤務時間を把握されるようになったからな。やたらに休日出勤していると思われるとなんだから」

「出世に響くのか」

　答えなかった加藤だが、「それだってごまかしに違いないだろう」と成瀬が言ったのには小さくうなずいた。

「認めよう。しかし些細《ささい》なことだ。お前が所長だった時には、熊川の社用パソコンを使いまわさせていただろう？」

　今度は成瀬がたじろがなければならなかった。

「浅田くんに聞いたぞ。悪質だな。明るみに出たらまた左遷じゃないか？　今度は温情もかからんと思うぞ。私も、できることならこれ以上現場を混乱させたくないんだが」

加藤は事務所のドアを顎《あご》で示した。

とぼとぼと家族の許《もと》へ戻った成瀬は「詳しいことはあとで話す」と香澄にささやいて仮囲いを出た。

親の仕事場を子供たちに見せられたのはよかったが、余計なものまで見られてしまった。胸のうちは複雑だった。

やっと連休が終わり、仕事に出る日になった。

あのあと加藤から何の音沙汰《おとさた》もないが、緊張関係が抜き差しならないところまで高まってしまったのは間違いない。花粉症がすっかり消えたというのに、成瀬の心は憂鬱《ゆううつ》だった。

本当にあれが加藤だったのかという疑問も、今さらながら頭をもたげている。現場で車とコートを見た時はすべての符牒《ふちょう》が合ったように思ったけれど、証拠は後から必死に考えてもやはりなかった。だとすると、確かに加藤に無礼を働いたことになる。

いくら傲慢な相手でも非はこちらだ。

「くよくよしないでいきましょうよ。ヒラの現場監督なんだから、一生懸命建物造ればそれでいいのよ」

相変わらず楽観的な香澄に励まされ、気のせいか普段より眠そうな顔が目立つ電車に揺られて横浜へ向かった。

　朝礼前の事務所にいた面々も、今一つ調子が出ない様子だった。十日も休めばなまってしまうのは当然だ。

　しかし今の状況では、いきなりレッドゾーンまで回転数を上げての全力疾走を強いられる。無理があると成瀬は思う。エンジンを温める段階もやはり必要だ。まして機械ならぬ人間は、身体も心もそれほど強靭《きょうじん》にできていない。

　メリハリをつけよとよく言われる。もちろんいいことだ。時間が有効に使えるし生産性も高まる。だが強調し過ぎるのは、長すぎる労働時間と同じように害がある気がする。

「ってことだと思わないか」

　砂場に言うと、パーティの翌日からバイクで東北を一人ツーリングしていたという砂場は「賛成します」とあくびを嚙《か》み殺しつつ答えた。

「でも、成瀬さんたちが入ってくれてほんとましになりましたよ。多少は作業にも立ち会えますし」

　そう言ってもらえるのは嬉《うれ》しい。現場に戻った目的の一つが達成されたことになる。

　しかしもう一つのほうは——。

　加藤は一人、いつも通り真面目くさって席に座っている。休み中働いていたのだからなまりもしないわけか。成瀬にはやっぱり何も言ってこない。それはそれで不気味だ。見逃すようなことを匂わせていたが、早晩報復されるのではないか。私物パソコンの件だけでは反撃材料として弱すぎる。

さらに気になるのが浅田だった。彼女が成瀬の家を覗きに来た可能性もなくなっていない。顔を出そうか迷って結局踏み切れなかったのか。それとも、やはり加藤に命じられて偵察に来たか。

いずれにせよ浅田が加藤の強い影響下にあるのは間違いない。あれが浅田でなかったとしても、ほかの同僚に距離を置く態度は加藤をおもんぱかってとしか思えない。どうしてそうなったのだろう？　クレーン事故に責任を感じてか。彼女は加藤の方針の被害者でもあるのだが。

さっき浅田も事務所に入ってきたが、いつの間にか姿が見えなくなっていた。朝礼が迫っている。

一瞬、高塚が騒ぎを起こした時のことが思い出されて、成瀬は窓越しに躯体《くたい》に目を走らせた。もちろんそれは杞憂《きゆう》で、躯体の天辺《てっぺん》からだんだん下に下げていった視線の先、朝礼場に浅田を発見した。音響機器のチェックをしているようだ。そういえば朝礼当番は浅田だった。

ほどなくほかの事務所員も朝礼場に出ていった。ラジオ体操の音楽が流れ出した。

加藤は体操も手抜きなくやらせる。職人の長老格である安村幸造にすら、「真剣味が足りない」と注意したりする。

だが今日、加藤本人が体操に集中していないのに成瀬は気づいた。音楽のテンポに動きが合っていない。全然違う振りをはじめて自分で慌てたりしている。

体操が終わっても加藤はそわそわしたままだった。職人たちが整列し、浅田がトランスメガホンを手に向かい合う位置に進み出た。加藤はすぐ後ろに立って、浅田の一挙手一投足に食い入るようなまなざしを送っている。

「みなさん、おはようございます」

そう言ったあと、何を思ったか浅田はメガホンを足元に置いた。そして肉声で叫んだ。

「みなさんにお詫《わ》びしなくてはいけないことがあります」

加藤が鬼のような形相で飛び出し、浅田の腕をつかんだ。プレハブへと引きずられながら、浅田は「誰か、所長を止めて下さい！」と声を振り絞った。

あっけに取られて立ちすくんでいる砂場の背中を押すと同時に、成瀬も駆け出した。

二人で加藤にむしゃぶりつき、浅田から引き離す。

浅田はさっきの場所に戻り、膝《ひざ》をついて職人たちに土下座した。職人たちもわけが分からずざわめき合っている。やっと身体を起こした浅田が再び口を開いた。

「先月のクレーン事故、あれは松岡さんが『フックだけでいい』って言ったせいになってますよね。でも本当は違うんです」

ざわめきの種類が変わった。

「やめろ！」

砂場に羽交い絞めにされた加藤が大声を上げたが、すべての目は浅田に向いたままだ。

「そう言ったのは加藤所長です。いや、正確にはちょっと違った表現でしたけど。私と松岡さんはどちらも、ワイヤが必要だと思ってました。でも、時間のかかることを加藤所長が嫌がるのは分かっていたから、ぐずぐず決めきれなかったんです、そうしているうち、私と松岡さんがいた会議室に加藤所長が入ってきました」

「やめろ」

もう一度加藤が言う。しかし声にはすでに力がなかった。

「『フックだけでも大丈夫じゃないか？』。確かそうおっしゃったと思います。私と松岡さんは返事をしませんでした。でも加藤所長は『じゃあそういうことで。よろしく頼んだぞ』と出ていってしまいました。そのあと『しょうがないのかしら』って、私が先に言いました。松岡さんは舌打ちしながらうなずいて、橘建業の人たちに指示を伝えました」

朝礼場は静まり返っていた。

「正しい指示ができなかったこと。そして嘘を今までつき続けたこと。改めておわびします。私は現場監督失格です。この上ご迷惑をおかけするのが心苦しいんですが、現場にい続けるわけにいきません。一緒に仕事ができたことを感謝しています」

一礼してヘルメットを脱ぎ、立ち去ろうとした浅田だが、思い出したように成瀬たちのほうへ足を向けた。

「このあいだご家族でここにいらっしゃってましたよね」

これにはまた驚かされた。

「実は私もいたんです」

「ええ？」

「休日出勤しないと間に合わなかったんで。そう言ったら加藤所長が、自分のパソコン使えって」

思わず加藤を見ると、加藤は目を伏せた。浅田が続ける。

「私はロッカー室に隠れさせられたんです。でも全部聞いちゃいました。加藤所長、私が成瀬さんちに行ったら全部しゃべっちゃうんじゃないかってすごく心配してたんです。成瀬さんちを覗《のぞ》いたの、加藤所長です。間違いありません。前に私のコートのブランド聞かれたんですけど、理由が分かりました」

浅田の頬を涙が伝っていた。

「あの時決心がつきました。ずっと臆病《おくびょう》で、やらなきゃいけないことができないままだったけど、自分の馬鹿さ加減に気が付いて、情けなくなって——。脅したりすかしたりされたけど、それからは聞き流しました」

話がよく見えない砂場は気の毒だがとりあえずおいて、成瀬は自分が気になっていたことを質問した。

「松岡さんは、一応正しい主張をしていたってことなのか？」

「はい」

「どういうわけで途中から責任を引っかぶったんだ」

「ご本人に訊《き》いてください」

職人たちの中で一人蒼白《そうはく》な顔をしている松岡に冷たい一瞥《いちべつ》をくれると、浅田はまた歩き出した。

「松岡さん、事務所までお願いします。橘さんもそれ以外のサブコンの方も、指示するまで待機してください。できるだけお待たせしないようにしますのでご理解ください」

またざわめきはじめた職人たちにそれだけ伝えると、成瀬は加藤にもう暴れる気力がないのを確かめて砂場を促した。

「誰か「行ってやれ」

「はい？」

「浅田だよ。飛び降りたりはしないと思うけど、誰かついててやったほうがいいだろ。ついててやったほうがいいだろ。労基署へ行くとかそういう時は、会社が横槍《よこやり》を入れてくるかもしれないから俺がエスコートするけどな。労基署に話すことは俺にもたくさんあるし」

砂場が駆け出すのを見送って、成瀬は改めて松岡をうながし、加藤も連れてプレハブへ向かった。

## 14

浅田しのぶがこれまでの供述を変更したいと申し出たため、労基署はクレーン事故の調査をやり直した。初め浅田を嘘つき呼ばわりした加藤公俊と松岡隆も、厳しい追及を受けて、やがて浅田が正しいと認めざるを得なくなった。

加藤は、松岡に責任をかぶせる代りに、橘建業が負うことになる損害賠償額以上の金をヤミで回す取引を、橘建業の社長とのあいだに成立させたのだった。もちろん松岡にもそれなりの手当が支払われた。

というわけだから、チェリーホテルの工事から橘建業が外れるわけはなかった。さらに加藤は、別の工事でも橘建業と好条件で契約を結ぶよう、ヤマジュウの担当者に働きかけていた。

松岡はともかく、加藤が「落ちた」のは、私物パソコンを労基署に調べられたからだ。そこには工事経費を水増しして橘建業に回すヤミの金をひねり出すための裏帳簿が入っていた。浅田に社用パソコンを貸したことと別に、加藤には私物を使わざるを得ない事情があったわけだ。

もちろん36協定違反のほうも労基署の追及を受けることになったが、こちらについては成瀬和正が「主犯」である。

自分の所長時代、残業時間が百時間を軽く超え、時には二百時間近くに達していたこと、また、パソコンのログイン記録による勤怠管理が始まってから、どうやってそれをごまかそうとしていたかなどを、成瀬は洗いざらい供述した。

あまり協力的なのに驚いて、担当の労働基準監督官、柳谷弘信《やなぎやひろのぶ》が「そこまでべらべら話しちゃっていいのかい？」と冗談交じりに訊《たず》ねたほどだ。

「ろくでもないことが増えすぎましたからね」

大田久典の病気に始まり、高塚宏の自殺未遂、そして今度のクレーン事故。三カ月ほどのあいだに立て続けだ。長すぎる残業そのものが原因のことも、それを性急に変えようとして起きたこともあるけれど、どちらにしろ働き方の歪《ゆが》みはもう限界にきている。

「今膿《うみ》を出しきっておかないと、一時的にごまかせてもすぐまた同じことが繰り返されると思います」

成瀬は言った。

「現場の実態を白日の下にさらすのが、ろくでもないことをなくす第一歩だと思ってるんです」

かつての成瀬は、長すぎる残業の害を感じながらも、どこかで「しょうがない」と諦《あきら》め、開き直っていた。だから、残業の取り締まりに対しては、かいくぐる方法を探して血眼になり、恥じなかった。できっこないことを押し付けてくる会社に腹を立てたからだが、自分は悪くないと言い訳して、問題から目を逸《そ》らせていたのも間違いない。

皮肉だけれども、無理くりの残業規制が破綻《はたん》するさまを目の当たりにしたからこそ、人任せ、会社任せにしておけないと自覚できた。新しい働き方を考え出さなければいけない。

成瀬の処遇は再び社内の議論になったが、加藤が裏帳簿問題で懲戒免職を食らうのは確実で、代りもおいそれとは見つからない中、熊川健太、砂場良智が揃って強く要望したため、成瀬を事実上の後任にするほかなくなった。36協定違反があるから「現場事務所長心得」の肩書が精一杯だったが、仕事には関係ない。

まず成瀬は、引き渡し時期の再設定に取りかかった。

成瀬が出してきた工程表案に目を走らせて、チェリーホテルズの担当者は「え？」と声を漏らした。交渉に立ち会った設計者の武井慶人も驚きを隠さなかった。

二週間にとどまったとはいえ、ヤマジュウ建設は全社に及ぶ業務停止処分を受けた。加藤と浅田しのぶがいなくなり、今のところ現場監督は、成瀬自身とパートの香澄を入れて四人という状況だ。

来年七月のオリンピックには間に合わない——担当者はそう思ったに違いない。

「できれば本番前のゴールデンウィークにも使ってもらえるようにしたかったんですが——申し訳ない」

成瀬が頭を下げたのに、損害賠償の話をするのも忘れて、担当者は「いや、これなら御の字です」と言った。

「しかし本当に四月いっぱいで大丈夫ですか」

「簡単じゃありませんが間に合わせます」

成瀬はきっぱり答えた。

無茶な受注と引き渡し時期の設定が、多すぎる残業を生む元凶なのは間違いない。残業を取り締まるなら、そちらも労基署が枠を設定すべきだと一時期の成瀬は思っていた。

しかしそうなると、少なくとも工期についてはライバル社との競争がなくなってしまう。成瀬のはるかな先輩のころから、無数の現場監督たちが知恵を絞った施工技術の進歩は滞るだろう。

競争がなくなれば人は必ず怠ける。「プロ・サラリーマン」に徹するならいいかもしれないけれど、やはり成瀬は現場監督であることを大事にしたかった。

それだけではない。普段から足腰を鍛えていないと、未知の事態に対応できない。例えば、現場監督の仕事の相当部分をＡＩがこなしてしまう世の中が来るかもしれない。ＡＩに真似できない人間ならではの能力を売りにするにしろ、優れたＡＩの開発に注力するにしろ、現場監督が切磋琢磨《せっさたくま》してこなかった会社は真っ先に退場を余儀なくされるだろう。進歩し続けることが会社の安全保障なのだ。

ただ、一日二日でＡＩを開発できるならともかく、今のところは現場監督の頭数をある程度揃えないとどうにもならない。

工事部には余っている現場監督など一人もいない。人材を外に求めるしかない。

第一は、結婚、出産などで退職した女性たちだ。十年以上のブランクがある香澄だってそこそこ使えると分かった。現役に遜色《そんしょく》ない能力を持つ元社員もたくさんいる。フルタイムで働くことが無理になっただけだ。

だからパートにし、勤務時間も個々人の事情に合わせて柔軟に設定する。魅力を感じてもらえる水準の賃金を払うのはもちろんだ。事故を起こして損害賠償することを思えば微々たるものだと思う。

声をかけた中で、二年前に出産で辞めた元工事部員が、週三回、一回六時間でいいならと手を挙げた。施工図チェックをやらせているが、近いうち外装仕上げのアシスタントにも加わってもらうつもりだ。

第二は、会社に在籍しているもののロートル扱いされている元工事部員である。確かに歳を取ると新しいことを覚えるのはきついだろう。しかし若い者よりたくさん給料をもらうなら、それだけ働いてもらわなければ困る。頑張ればできるはずだ。どうしてもできない、あるいはやりたくないなら、大幅な給料カットを受け入れるほかない。

仕事するのはただ金を稼ぐため、という考え方は成瀬も認めるけれども、であればなおのこと、働きが給料に見合っている必要がある。

プロ・サラリーマンが愛すべき存在でもあることは、一瞬ながら経験してみて分かった。しかし、そういう存在が許された時代の魅力は感じつつ、昔のままではいけないと成瀬は断じざるを得なかった。

プロ・サラリーマンの温床は、年功序列に縛られる上、一度失敗した人間をコースに戻す経路が極端に貧弱な人事慣行である。改めなければいけない。それこそ加藤だって、一定の期間が過ぎたら再雇用したっていいと成瀬は思う。

こちらのほうでは、関連事業部にいた先輩現場監督をチェリーホテルにもらった。はじめ成瀬の顔を見るごとにぶうぶう言っていたが、このごろは案外楽しそうに見える。

ついでに成瀬は、上川善哉も古巣に戻したらと進言し、これも営業部の採用するところとなった。噂では大型の案件をまとめたらしい。

成瀬は上川からもらった猫の置物を事務所のデスクに飾っている。いつも寝ているようでも、いざとなったら敏捷《びんしょう》に鼠を捕るという意味だったのか。本人に言ったら否定するのだろうけれど。

前例のない人事ができたのは、裏帳簿問題に工事部次長の伊藤征治、工事部長、さらに上の人間まで絡んでいたのが分かって、改革の気運が高まるとともに、しがらみも否応《いやおう》なく断ち切られてしまったからだった。不祥事に違いないけれど、その意味では実に役に立った。

もちろん今の成瀬は、必要な労働力を確保した上で残業も抑えている。上限八十時間は楽ではないけれど、健康や家庭生活を考えれば妥当な水準と認めざるを得ない。プロ・サラリーマンが許されない時代は、長時間労働も許されない時代である。

長時間労働を排するデメリットは確かにある。何かを得れば何かを失う法則は残念ながら不変のようだ。

正直なところ、工事の品質も多少落ちると思う。何人もが支え合って、といえば聞こえはいいが、一つの仕事を細切れに分担するケースが増えるので、同じ現場監督が見る場合と比べればどうしても神経の行き届かない部分が出る。目指すところが最大公約数的なものになり、大きな問題はないけれど、ため息を誘うような精妙さを求めるのも難しい。

失われる最大のものはおそらく「理不尽に耐える力」だ。

とんでもない工期、足りない人手、そういう理不尽をこれまでの現場監督たちは耐えてきた。その手段が長時間労働だった。上司、先輩もそれを下にやらせることで、力をつけさせているつもりだった。

ついでに言えば、理不尽はほかにもたくさんある。いや、世の中なんて理不尽だらけだ。そういう現実認識から生まれる教育方法が「しごき」なのである。

過去にはそれなりの役割を果たしたかもしれない。しかしもう、そのメリットをデメリットが大きく上回ってしまった。高塚宏の件はその一つだろう。「しごき」と「いじめ」は紙一重だ。

これからはおそらく、理不尽に耐えさせるのでなく、理不尽を取り除く、あるいは理不尽から逃れさせる方向にものごとを進めなければならない。

結果、人間の逞《たくま》しさはある程度損なわれると思う。だが、工事品質の低下同様、甘んじて受け入れなければならない。何一つ失いたくないというなら、それは強欲だろう。

削れる作業は徹底的に削った。特に、社内の管理部署やチェリーホテルの担当者と交渉を重ねて、細かすぎるデータや写真を省く許可をとった。それで現場監督たちはかなり楽になった。

加藤がやった通りに「ノー残業デー」も励行させたが、一方で、好きなだけ残業をして「やりかけの作業に切りをつけさせる日」も成瀬は作った。仕事や働く者の実情に合わせ、トータルで残業を減らしてゆくほうが理にかなっているからだ。

ただ、月末に急な仕事ができたりすると、八十時間に収まりきらないケースがたまに出た。悪天候や近隣とのトラブルは、こちらの都合と関係なく起こる。それは仕方ないこととして黙認した。

ことさら隠したり、ごまかしたりはしない。数時間なら、査定で問題にされることもないだろう。上限の有名無実化につながらないよう、どうしても避けられなかったか、事後の精査は怠らなかった。サービス残業には違いないから、受け入れがたければ早く帰っていいと話しているが、今のところそういう現場監督はいない。

工事は快調に進んだ。

ヤマジュウとともに営業停止を食らった橘建業が、こちらはそのまま倒産に追い込まれた手当てをどうするかが当初の課題だった。成瀬はここでもウルトラCを繰り出した。行き場を失った職人たちを、信用がおける別のサブコンに引き受けてもらい、そのままチェリーホテルの仕事につかせたのだ。もちろん職人たちは大喜びで、意気に感じるように仕事に励んだ。

梅雨空の下でペースを取り戻した鉄骨の建て込みは、焼けつくような陽射しが降り注ぐようになっても緩みを見せることなく続けられ、盆を挟んだ八月末、ついに一番上の十五階に、最後の一本になる梁が渡された。

上棟式で成瀬は、熊川、砂場以下の現場監督たちと抱き合って、ここまでこぎつけたことを喜んだ。

「まだ早いのかもしれないけど」

そう言いながら香澄が、こっそり用意していた花束を渡してくれた。

職人たちにも、成瀬は一人一人握手を交わし、ねぎらいの言葉をかけるとともに、竣工《しゅんこう》に向け引き続き力を貸してくれるよう頭を下げた。どの職人も、がっしり成瀬の手を握り返して「もちろんです！」とたかぶった声で応じた。

プレハブ一階の休憩所に樽酒《たるざけ》と寿司《すし》桶《おけ》が並び、宴会は大いに盛り上がった。職長と現場監督で繰り出した二次会では少々ハメを外す者もいたが、みな最後まで楽しみ、翌日からまた、それまで以上の真剣さで仕事に取り組んだ。

何度か見舞われた台風も乗り切った。もちろん、必要に応じてクレーンはワイヤでがっちり固定した。

外装は半分ほど進んだ段階で、内装工事が始まった。細かい仕事になっていくのでそれなりの時間がかかるが、天候にはもうほとんど影響されない。丁寧に、着実に進めればいいのだ。


来年四月末の引き渡しが見えてきた。そう思えるようになった、九月下旬のことだった。

本社の安全パトロールがやってきた。成瀬が「所長」に戻ってからは、ごたごたの影響もあったのだろう、ずっと実施されていなかった。

もちろん事前の通告など受けていないが、そうでなくては困る。軽々しいイメージを持たれかねない「安パト」の略称も避けるほどになっていた成瀬は、現場の隅々まで隠さず見てもらうべく、自ら案内役を買って出た。

パトロール員は一人で、青木《あおき》という、頬にあばたのある四十くらいの男だった。まったく面識がなかったが、工事部には百人以上の部員がいるし、たくさんの現場に分かれて働くから不思議ではない。

青木を連れて、まずは一階の内部に入る。現在メインになっているのは建具の取り付けだ。

「おや？」

青木が、ドアを担ぎ上げようとしている職人の横で立ち止まった。じっとその足元を見つめている。

「何か問題があったでしょうか」

「分かりませんか」

青木はやれやれという調子で言った。

「安全靴の紐《ひも》がほどけかかってるじゃないですか」

「え？　ああ、確かに」

戸惑いながらつぶやいた成瀬に「確かにじゃないでしょう」と尖《とが》った声が浴びせられた。

「靴が脱げたところにドアを落としたらどうなります。指が砕けますよ」

成瀬は慌てて謝り、職人に靴紐を結び直させた。

「以後気をつけさせます」

返事もせず、青木はノートに書き込みを始めた。それからも、細かい指摘が続いた。

あまりに些細《ささい》で、どうでもいいようなことばかりだ。床に機械油の小さなしみを見つけると、青木は「滑る危険がある」と言った。通路の壁に立てかけられた脚立は「火災や地震の際、避難の障害になりかねない」である。

はじめのうちは成瀬も、こういうパトロールもあるのかと思っていたが、次第に我慢できなくなった。どれもこれもいちゃもんにしか聞こえない。

今日決済しなければならない書類がたくさんあった。部内の打ち合わせはすでに延ばさせている。なのに一階を回るだけで小一時間かかって、二階でもまた三十分近くが過ぎようとしている。この調子だといつ終わるのだろう。

意を決して成瀬は、職人がいないフロアの隅に青木を引っ張っていった。

「失礼なようですが、今までご指摘のあった点は、どれも安全上大きな問題にならないのではないでしょうか」

「ほう！」

青木は大げさな身振りとともに、さも驚いたふうに言った。

「安全パトロールの形骸《けいがい》化を告発された方とは思えない発言ですね」

「程度の問題です。青木さんのご指摘は――」

「申し上げますが」

青木は居丈高に成瀬を遮った。

「チェリーホテル・横浜ベイサイドの現場事務所で、またぞろ上限を超す残業が横行していることも私は把握しています」

「横行だなんて」

驚いて思わず成瀬は声をひっくり返らせてしまった。

「いいえ横行です」

薄笑いが青木の顔に浮かぶ。

「あなたは部下の勤務時間を把握しているはずです。にもかかわらず、七月も八月も、サービス残業はなくなりませんでした。あなたが、やめさせるべきものをやめさせていないんです」

「何時間か超えてしまう所員がいたのはおっしゃる通りですし、申し訳ないと思います。しかし、最小限にとどめています。それもだめと言われると、せっかく軌道に乗り始めたことがうまく回らなくなる」

「ルールはルールです」

勝ち誇った調子で青木は言った。

「この件はしかるべく上に報告いたします」

そしてすたすた、さっき上ってきた階段のほうへ歩き始めた。

「どこへ行かれるんです？」

「帰ります。パトロールは中止です。ご協力いただけないようなので」

あっけに取られる成瀬に、思い出したように立ち止まった青木が付け加えた。

「遠からず、上のほうから直接、所長心得にお尋ねがあると思います。心しておいてください」

15

あれだけの現場に一人きりでパトロールというのを妙には感じていたが——。

成瀬和正は、最初に受け取っていた青木恒康《つねやす》の名刺を改めて見返した。安全パトロールチームの一員には違いないのだろうが、今日のことはどう考えても、チームと無関係な動きだ。

事務所の会議室にこもって、成瀬は親しい工事部員数人に電話をかけた。

青木について集まった情報は次のようなものだった。

やはりというべきか、青木は加藤の子飼いで、加藤にパトロールの予定を流した疑いも濃厚だったが、その件の調査にまで会社の手が回らなかったため、うやむやのままチームに残った。

また、情報源の一つになってくれた成瀬の同期、服部進は「青木の言う『上』って、多分泉《いずみ》さんだぜ」と言った。加藤が一時仕えていた社長室長・泉佳敬《よしたか》とも、青木はつながりを持っているらしい。

泉は加藤の裏帳簿問題に関わっておらず、将来の有力な社長候補であり続けていたが、このところヤマジュウを席巻している改革の波、ことに人事慣行の見直しに不満を抱いているようだった。

「あの人は、できるだけ何も変わらないのがいいんだと思う」

そう服部は見立てていた。

泉は労務とも関わりが深く、残業規制を進めた中心人物だが、会社の体制を守るのに役所との関係を保ちたいだけではないか。

泉にすれば、それ以上の改革など秩序を乱す蛮行でしかない。多少の浮き沈みこそあれ、ヤマジュウは半世紀近く潰《つぶ》れず続いたのだし、今はバブル期にひけを取らない業績を上げている。何も変える必要はない——。

「時代の流れが分かってないだけだと思うがな」

ため息をつく成瀬に服部も同意した。

「でもそのほうが楽なんだ。そういう奴は多いさ。泉さん本人がまず、何もしなくたっていずれ社長になれるんだから」

ともかく泉が、改革のきっかけをつくった現場所長を目障りに思ったことは想像に難くない。一度関連事業部行きになった奴となればなおさら腹立たしいだろう。今度こそ息の根を止めろと策を練る中で、青木が浮かび上がったのではないか。

青木にも成瀬は鬱陶《うっとう》しい存在だ。加藤の敵というだけではない。パトロールの形骸化は、パトロールをする側にも「楽」だった。それを成瀬が邪魔したのだから。

「吊《つる》し上げられるぞ」

「平気だ」

成瀬は言い切った。

「間違ったことはしていない。堂々と申し開きしてやるさ」

しかしスマホを机に置いた手が細かく震えるのを、成瀬は止められなかった。

会議室で電話をしたのは、パートの事務員、近藤治美を含め、誰にも聞かれたくなかったからだ。「パトロール、どうでした?」と訊《たず》ねてきたほかの現場監督たちにも、「ああ、大丈夫だった。問題ないとさ」と嘘をついた。自信があるなら、部下たちと一緒に、相手の姑息《こそく》さを笑ってやればよかったのだ。

何より成瀬が厄介だと思ったのは、たった数時間の残業超過を向こうが本気で問題にする気らしいことだった。馬鹿々々しいとしか言いようがないけれど、ルールはルールという原則論を突破するのは難しい。会社の上層部にも成瀬の味方はたくさんいるはずだし、だから実際に改革が進んでいるわけだが、どんな審判でも判定を迫られたらアウトを宣告するしかない。

もちろん「所長心得」などに恋々とするつもりはない。ただ自分がここで討ち死にしたら、せっかく緒につきかけた働き方改革が潰《つい》えてしまう。元の状態に逆戻りだ。もう犠牲者は出したくない。

どうしてこう、難題が次から次へと出てくるのだろう。重苦しい気分で成瀬は対抗策を探した。

しかし向こうの動きは素早かった。翌日には呼び出しのメールが届いた。

なんと、臨時取締役会を開催するから、残業超過の実態と経緯について説明せよというのだった。とりあえずは査問委員会くらいだろうと思っていたから腰を抜かした。臨時取締役会の召集者として泉の名が出ていたので、服部の推測が当たっていたことだけははっきりした。しかし、あまりの大物を相手にしなければいけない恐怖も改めてこみ上げてきた。

臨時取締役会は、そのまた翌日の午前十時から開かれることになっていた。

「どうしたの？　お腹でも痛いの？」

事務所のデスクで、厳しい表情でパソコンを睨《にら》んでいた成瀬に、香澄が声をかけてきた。

香澄にも話していないのだが、やはり感じるものがあるようだった。調子はおどけているが、心配そうな目を夫に向けてくる。

「何でもない」

「本当？」

それ以上ごまかせなかった。

「面倒くさいことになった」

顔を曇らせた香澄に、しかし成瀬は続けた。

「だけど俺が自分で片をつけなきゃいけないことだと思う。助けてくれっていずれ泣きつくかもしれないが、今は一人でやらせてくれ」

「分かったわ」

怯《おび》えが隠しきれなかった分、かえって覚悟の深さを感じてもらえたのかもしれない。

香澄は素直にうなずいた。

「今晩ここに泊まってっていいか」

成瀬の口から、自分でも予想していなかった言葉が漏れた。

「え？　仕事するの？」

「仕事――か」

どうしてそんなことを言いだしたのだろう。不思議に思いつつ、そうしなくてはいけない気分は動かしがたくなっていた。

「仕事だな。労働時間にカウントされるのかどうか分からないが、大事な仕事だ」

他の現場監督たちには勘付かれたくなかったので、成瀬は定時にいったん香澄と事務所を出たあと、一人になってレンタルショップで寝袋を調達しみなが帰るころを見計らって戻ってきた。

真っ暗な事務室に灯りをつける。時計は八時半を指していた。一月には一時間後でもみんな残っていた。その後大田久典と飲みに行ったりしたし、泊まり込む者も多かった。成瀬自身が泊まったのは、雪の晩だけだったが——。

遠い昔のことのように思える。今はそれこそ、特殊な業務でもなければあり得ない。湯を沸かし、コンビニで買ったカップ麵《めん》に注ぐ。いかにも健康によくなさそうなスープをすすると、若かったころを思い出した。大田は四十を過ぎても、忙しい時はこればかりだった。倒れる一因だったかもしれないが、きっとこういう味が好きだったのだと思う。

関連事業部行きが決まった時、浅田に言われた言葉もよみがえってきた。

「きつくたって、現場が好きで、建物造るのが好きだから監督やってるんじゃないですか」

自分も、慣れ親しんできた働き方が好きだった。いや、今も好きだ。改めて成瀬は思った。

けれど捨てる決断をした。捨てなければ前へ進めないからだ。逆に言えば、捨てるからにはそれ以上の成果を必ず出したい。

明日は、残業が超過してしまった弁明をしなければならない。

自分は、昔の働き方に未練があって残業を黙認しているのか？　断じて違う。後戻りさせないためだ。捨てるものを無駄にしないためだ。

蛍光灯に照らされた海の底のようなプレハブの事務室で、成瀬は確信することができた。

迷う必要はない。服部に言った通りだ。堂々と思うところを述べる。それだけだ。

やっと気が楽になって、事務所に泊まることにしてよかったと成瀬は思った。すっきりしたのが早すぎて、今から家に帰ってもいいくらいだったが、最後の思い出を作るつもりで、テレビを見たりしてしばらく時を過ごし、寝袋にもぐりこんだ。

翌朝は早く目覚めた。

事務所のシャワーを使い、下着を取り換えた。午前中は本社だとみなに伝えてある。入念に証拠隠滅して、誰もこないうちに事務所を出る。

駅に向かいがてら朝食を取れるところを探すことにした。いつもと違う道を通ってみようと裏通りに入ったら、カウンターだけの、立ち飲みスタンドのような店が看板を出しているところだった。看板にはデンマーク料理とある。モーニングにはサンドイッチを出しているらしい。

サンドイッチといっても、サラダやゆで卵、ハム、ニシンの酢漬けなどを盛った横に黒っぽいフランスパンのようなものが並べてある。こういうオープンサンドが北欧では一般的だと、一人で店を切り盛りしているらしい日本人の若い男が言った。

実はデンマークに行った経験はないそうだ。デンマークは海運国で、横浜には昔から何軒かデンマーク料理の店があった。その味が好きで、自分も始めてみたのだという。

本場と比べてどうなのか、成瀬にも判断しかねたが旨かった。具を載せたパンをかじりながら、取締役会でしゃべるつもりのことをおさらいした。

取締役会に出るのはもちろん、それが開かれる部屋に足を踏み入れるのも成瀬は初めてだった。

十時きっかり、役員室のある本社ビルの最上階、十二階へ行って、まずは秘書たちが詰めている部屋に顔を出した。しばらく待つように言われ、示されたパイプ椅子に腰かけたのだがいつまで経っても次の指示がない。

三十分も放ったらかされてやっと、どこからかかかってきた電話を受けた秘書の一人がこちらを見た。「こちらへどうぞ」と先に立って歩き出したが、「お待たせしました」さえ言わない。

どっしりした無垢板《むくいた》のドアの向こうは、熊川健太の子供が預けられている保育園なら三つ分くらいのばかでかい部屋だった。部屋の長さいっぱいある窓からの眺望は、超巨大企業が入るタワービルに邪魔されていなかったら、東京湾を我が物にしたような気分を堪能《たんのう》できるはずだ。

楕円《だえん》形のこれまた大きなテーブルの周りに、口を利いたこともほとんどない役員たちがずらりと並ぶ。議長席なのだろうテーブルの一方の端に社長が陣取り、その隣で泉がでっぷり太った身体を革張りの回転いすに委《ゆだ》ねていた。半分ほど白くなっているが量はたっぷりある髪を見せびらかすように撫《な》でている。

成瀬が身体を固くしたのは、泉の後ろに、労務部長と並んで例の女、吉野佳代子が控えていたせいもあった。議題上、労務が出てくるのは予想できたが吉野までとは思わなかった。まさに天敵出現だ。しかし今の成瀬は逆に闘志をかきたてられた。

社長の真向かいに行くよう促された。同じテーブルにつけるわけだが、椅子は取締役たちのとはまったく違う、普通の事務椅子である。

いきなり泉が「成瀬和正くん、だな」と口火を切った。議長の開会宣言とかそういうものは先に済んでいたようだ。自分がいないうちに会議の結論まで出してしまったのでなければいいのだが、と成瀬は思った。

「はい」

「どういうことで呼ばれたか、分かっていると思うが一応説明しとこう」

労務部長が立ちあがった。もっとも部長は、成瀬の前にも置かれているペーパーを読み上げただけだった。もちろんそこには七月、八月のチェリーホテル・横浜ベイサイドで、現場事務所員が何時間働いていたかを示す数字が並べられている。

「36協定の内容は分かってるよな」

「はい」

「立って答えたまえ」

しょうがないので成瀬は従った。役員たちは全員身動きもしない。

「じゃあ何で上限を超えた残業をさせている」

「必要だからです。将来的にはゼロにすべきだと思いますが、一気にできることではありません。かえって混乱を招くでしょう。また、超過時間はせいぜい四、五時間です。特定の所員に偏っているわけでもありません。このような大層な会議を開いていただくほどの問題を、ただちに引き起こすとは考えられません」

最後のくだりに皮肉を込めたつもりだった。しかし泉は「これだ」と苦笑する表情を作った。社長に向かって言う。

「この男はやっぱり、コンプライアンスというものをまるで分かっておらんようです」

「そうだな」

「問題あるね」

何人かがうなずきながら同意の声を上げた。

「お言葉ですが――」

「発言は許可を得てからするように」

泉は尊大に制止した。青木恒康は「上」の真似をしているのかもしれない。ただ親分はさすがというべきか、寛大なところを見せたいのか、「言いたいことがあるなら好きにしろ」と続けた。

機会を逃すわけにいかない。成瀬は改めて立ち上がった。

「私は長すぎる残業が根絶されることを心から願っています。僭越《せんえつ》ながら、そう願うことにかけてはここにいらっしゃるどなたにも負けなくなったと思います」

そう前置きして語り始めたのだが、すぐに泉が口を挟んだ。

「君は、前任者が八十時間残業を実現したことを批判していたらしいじゃないか」

「無理のあるやり方だったからです。実際、クレーン事故が起こってしまいました」

「あれは本当に、残業削減のせいだったのかね。私に言わせれば、気象情報をきちんと評価していなかっただけの話だ。要するにやるべきことをやっていなかったんだ。どっちかといえば、残業規制を守らないほうに似た話だよ」

巧みな話のすりかえだった。ごまかしなのは分かるが、どこがどうすりかえられたのか成瀬は咄嗟《とっさ》に指摘できなかった。

歯嚙《はが》みしながら「私はそうは思いません」と答えるのが精一杯だ。

「なぜ思わないのかね。それは君が、長い時間をかけなければろくな仕事はできないと思い込んでるからじゃないのかね」

「違います」

「そういえば、加藤の前任者も君だったそうだな」

くくっと忍び笑いのような声を立ててから、泉は「関連事業室行きになった理由が、新米の現場監督を自殺未遂に追い込んだからだっていうじゃないか」

成瀬は真っ赤になった。しかし気力を絞って声を張り上げた。

「その通りです。あえて自分から申し上げますが、脳梗塞《のうこうそく》を発症させてしまった部下もいます。だからこそ私は今、郷愁を振り切って残業や、理不尽な働き方をなくしていかなければいけないと思ってるんです」

そしてほかの役員たちを見回して続けた。「ルールはルール。その通りでしょう。ですがルールでしかないんです。活《い》かすも殺すも運用にかかっています。あまりに四角四面なやり方では――」

「黙りたまえ」

泉も声を大きくし、荒げた。

「君に働き方改革を語る資格などない。もう一度現場を預けるような人事をしたのはとんでもない間違いだった」

そうだ、とまた何ヵ所かから聞こえた。

しかし成瀬は、泉がしゃべる度、苦い顔になる役員も少なくないのに気がついていた。社長もだ。ただ誰も発言しない。明文化されたルールを犯した人間を庇《かば》えば自分まで糾弾されかねないと思うのだろう。「コンプライアンス」が、本来の目的以上に、人を追い落とす道具として使われている世の中ではどうにもならないのか。

「議論の途中に失礼します」

響いた声は甲高かった。成瀬はぎょっとした。吉野が片手を挙げていた。

「実は労務といたしまして、本日の議題に関わりをお持ちの専門家をお招きしております。みなさまの議論を深める上で、有意義なご知見を示していただけると存じます」

泉も虚を突かれたふうで、何だという顔をした。もっともそれはほかの役員たちも同じである。

「聞いてませんでしたが、せっかく来ていただいたならお話をうかがいましょう」

社長が初めて口を開いて、吉野は部屋からいったん出ていった。

成瀬は絶望した。吉野は自分に止《とど》めを刺す秘密兵器まで用意していたらしい。ずっと目を合わせようとしなかったが、せいぜい頑張って頂戴《ちょうだい》とでも腹の底で笑っていたのか。

すぐにもう一度ドアが開いた。吉野の後から現れたのはとんでもない人物だった。

「柳谷弘信氏です。労働基準監督官でいらっしゃいます」

成瀬を取り調べた当人である。まさか役人を引っ張り出してくるとは。進退は窮まった。柳谷が成瀬の旧悪を並べ立てれば、社長といえども弁護に回るなど、思いもよらないだろう。

大したもんだ。

やけっぱちの賛辞を送るしかなさそうだった。最初から最後まで吉野には太刀打ちできなかった。残念だが受け入れざるを得ない。

「成瀬さんが労働環境の改善を真摯《しんし》に願っておられることには、毛一筋ほどの疑いもありません」

自己紹介に続いて柳谷が発した言葉は、しかし列席者をざわめかせた。

「確かに成瀬さんはかつて、いじましいほどの情熱で残業規制をすりぬけようとなさっていました。しかしそれはひとえに、配下の方々が仕事をしやすいようにとの願いからでした。そしてその限界に気づいてからは、働き方のあるべき形を探し求めて努力しておられます。成瀬さんが私に話して下さった内容とその時の態度から、確信を持って申し上げます」

「何を言い出すんだ。成瀬はまたぞろ——」

　口を挟もうとした泉は、柳谷に見据えられて後を呑《の》み込んだ。柳谷が続ける。

「私は労働基準法の番人です。ですが、法は、働く人々の幸せのために使われるべきだと思っております。違反があればもちろん指摘いたします。しかしその是正のために強制力を用いるかどうかは、ケースに応じて判断させていただきます」

　思いがけない柳谷の話に、今や成瀬もぽかんとしていた。

「端的にうかがいましょう」

　社長が柳谷に訊《たず》ねた。

「今、チェリーホテル・横浜ベイサイドで発生している36協定違反は、労基署がお持ちの強制力を用いる対象なのでしょうか」

「その違反に関する資料を先日、こちらの吉野さんからいただきましたが」

　ちらっと吉野に目をやって柳谷は言った。

「職掌上、未調査の案件について個別に見解を述べることは差し控えます。ですがこうは申し上げましょう」

淡々とした声が、静まり返った部屋に響いた。

「御社はすでに、36協定違反に関しても行政処分を受けておられます。仄聞《そくぶん》いたしますところ、その後御社の状況は著しく改善しているようです。大変喜ばしく思っています。一方で、我が国における働き方改革はまだ始まったばかりでして、御社に限らず、不十分な点がたくさん残っていることも承知しています。大切なのは流れを止めないことです。角を矯《た》めて牛を殺す施策は、役所の意図するものではありません」

泉は怒りで我を忘れそうなのを、拳《こぶし》を握りしめて必死に耐えた。その怒りは今や、成瀬以上に吉野に向けられていたのだが、吉野はひらりとかわすように立ち上がって「ほかに柳谷氏にご質問などございますか」と訊ねた。

誰も、何も言わなかった。

「それでは」

柳谷に近づいた吉野は、また一緒に部屋から出ていった。最後まで、成瀬とはまったく視線を合わせなかった。

「あの人はほんと熱心でねえ」

後で成瀬からの電話を受けた柳谷は、目を細めているのが分かる口調で言った。

ちなみに、話題の主にも成瀬は臨時取締役会が終わってすぐ駆け寄って礼を述べたのだが、吉野は「自分の仕事をしただけですから」としか話さず、そそくさと立ち去ってしまった。

「勉強会やると必ず来るし、自分でも本読んだり講演聞きに行ったり、頭が下がるほどだね。何より、自分のところの社員を守りたいって気持ちがすごいよ」

目を丸くするばかりの成瀬に、柳谷はサービス残業の横行を憂えて相談に来た吉野が悔し涙を流したことや、嫌われるのを恐れるなというアドバイスに発奮していたことを教えた。

「そうだったのかあ」

「ひどい女だと思ってたんじゃないの」

「恥ずかしながら、おっしゃる通りです」

「我々もそうだけど、なかなか辛《つら》いところがあるんだよ。人の仕事の仕方に口を出す仕事は」

もっとも吉野のほうも、成瀬を十分に理解していたと言えなかった。柳谷は、取り調べを通じて知った成瀬の本心を、折に触れて吉野に伝えた。会社への成瀬の提案が次々受け入れられた裏には、吉野が職掌の枠を超えて、人事ほかに働きかけてくれたお蔭《かげ》もあったようだ。

その吉野が、成瀬を叩《たた》こうとする企《たくら》みに気づいた。チェリーホテルでの残業状況について泉から照会があり、ピンと来たらしい。

「社長室長、弁が立つから危ないって泣きつかれてね。私は役人なんで、民間の取締役会になんかのこのこ出かけていけないよって、初めは断ってたんだけど」

口説き落とされたのだと言う。吉野は、泉を恐れてやはり渋る労務部長もどうにか味方に引き入れ、あの舞台を整えたのだった。

「それにしても、うちの吉野もみなさんも、よく働きますよねえ」

吉野がどれほどの仕事をしていたかは今知ったところだが、労働基準署に出入りする中で、監督官の忙しさ、きつさに成瀬はたびたび驚かされた。

査察なんて迷惑としか思っていなかったけれど、査察する側はされる側以上に大変なのである。入る前には、資料収集に始まって聞き込み、時には張り込みまでして情報を集める。査察そのものでは、事業所の妨害がないことのほうが珍しい。終わったら終わったで持ち帰った証拠物の分析、関係者の取り調べ——。事故の処理も大変だ。人的災害が出た事案だと、事実関係の解明にかかるプレッシャーも生半可でない。

「そりゃまあね。労働者の健康と安全を守らなきゃならないんだ。当然だし、やりがいがあるよ」

「いや、みなさんが心からそう思ってらっしゃること、こっちもようやく分かったんですがね」

成瀬は相手が乗ってきたのにほくそ笑みながら言った。

「監督署の方、残業の上限は守れてるんですか」

「そりゃもう」

柳谷は急に威勢をなくした。

「守れてるんですね？」

「我々は、労働基準法の番人なんだよ」

逃げ腰の柳谷に成瀬は追討ちをかけた。

「でも運用は臨機応変みたいなこと言ってませんでしたっけ」

柳谷は黙ってしまった。いつもとっちめられている借りは返したと思ったので、成瀬もそのへんでおしまいにした。

そのうち、再就職を希望する元社員の研修機関を作ることを吉野に提案してみようと成瀬は考えている。職場に戻りやすく、また戻ってすぐからレベルの高い仕事をこなしてもらえるようにするためだ。実現した暁には、香澄にもぜひ利用してもらいたい。

働き方改革には、もっと根本的な対策も必要になってくるだろう。例えば、受注の波を均して、極端に忙しい時期をつくらないようにするにはどうすればいいか。働くということを何で評価するのか。かけた時間だけでも、成果だけでも不十分だと思う。多くの理解が得られるものさしが必要だ。

本腰を入れて考えたい気もする。それには成瀬自身が労務部に行かないとだめだろうか。現場監督ではあり続けたいのだが。

まあ、ゆっくり迷うことにしよう。

## 16

クレーンが折れた悪夢からほぼ一年後、チェリーホテル・横浜ベイサイドの工事はすべて終わろうとしていた。明後日には竣工《しゅんこう》式が控えている。

成瀬和正は、十五階建ての屋上から海を眺めていた。快晴の空の下に大小の船が浮かんでいる。右手にベイブリッジも見える。

ここのほうが、臨時取締役会に呼びつけられたあの部屋より高いんだな。

真正面、横浜港の対岸のそのまた向こうにある、ヤマジュウ本社ビル十二階に行った日のことを思い出して、成瀬の気分はいっそう爽《さわ》やかになった。

階段を下り、床の養生シートだけは残された建物の中を歩き回る。

展望レストランは港をイメージして、青と白を基調にしたインテリアになっている。

名物になるはずのシーフードグリルを客の目の前で焼き上げられるよう、炭火をセットできるオープンキッチンが真ん中にしつらえられている。奥の厨房《ちゅうぼう》にもむろん最新の設備が入った。

客室は一転、ベージュの壁紙で落ち着いた雰囲気を醸し出す。こちらは豪華客船の船室みたいだ。

アスレチックジムと、隣接するジャグジー。

こいつのせいで、大田久典は倒れてしまったんだなあ――。

しかし出来上がってみると、やっぱりあるほうがいいなと思える。

一週間ほど前、前年の夏から資材部員として働き出した大田がやってきた。妻からやっと許可が得られたらしい。

ジャグジーを見た大田も、複雑な気持ちはあると言いながら嬉《うれ》しそうに巨大なタブを眺めた。チェリーホテルズの会長が視察に来た時、お付きの連中に「俺のアイデアだ」と散々自慢していた話をすると、「いかにもって感じですよね」と笑いながら、目頭を押さえていた。

九階にも立ち寄った。南側の客室の窓際。多分このあたりだろう。今、足の下を通っている鉄骨から高塚宏が落ちたのだ。よく助かってくれた。ただただありがたい。自分も梁《はり》の上で高塚と追いかけっこをした。夢のように思える。

結婚式場、ロビーホールと順に見ていってエントランス前のアプローチに出た。造園業者が、外構工事担当の熊川健太のチェックを受け終わって引き揚げようとしているところだった。

これで本当におしまいだ。

幹に麻布を巻かれた、植え付けられたばかりの木に目を向ける。桜はもう葉桜だが、ハナミズキも何本か入っており、白い花をつけている。

あ、あれは葉の一種なんだったな——。

そんなことも思い出した。

「いらしてたんですか」

成瀬に気づいた熊川が声をかけてきた。

「ちょっと早く着いちゃって。中をぶらぶらな」

「これからみんなで行くのに？」

「そんなこと言うなら、みんなもう嫌っていうほど見ただろう」

「何回見たっていいってことですね」

「確かにな」

二人が笑い合ったところに、砂場良智が姿を現した。

「お待たせしました？」

あ」

「自分、こんだけでっかいのは初めてなんですよ。ほんと、何回見ても飽きないな
感に堪えぬようにうめいた。

「かっこいいですねえ。ほれぼれしますね」

だが砂場は返事を聞いていなかった。ホテルを見上げて頬を緩めている。

「いや、大丈夫だ」


どうして成瀬と熊川が噴き出したのか分からず、砂場は「何なんです」とちょっと
むっとしたように言った。

「何でもない、何でもない」

「気になるなあ」

「気にするなって。それより今は何の担当なんだよ」

実は砂場はもう、別の現場で仕事を始めている。ほかの現場監督も多くはそうだ。

十日ほど前からは、成瀬が毎日顔を出すだけで、あとは担当工事のある者がその都度
チェックに来る態勢になった。ただ、今日は区切りの日ということで、着工から関わ
っていた三人で集まる約束をしたのだった。

いや、もう一人。

「しのぶさんも来るって、連絡があったんですよね」

砂場がその名を口にした。そういえば、というふうな調子を作っているが、あからさまに浮ついているのがおかしい。

「ああ、そろそろじゃないかな」

あの日の朝礼がみなの語り草になっている浅田は、本当に会社を辞めるつもりでいたのだった。辞表も懐に持っていた。だが本社へ向かおうとするのを砂場が必死に止め、成瀬や熊川、香澄も思いとどまるよう説得した。

浅田は折れたものの、一年間の休職を取って広島の実家に戻った。途中外国に長い旅行に出たりもしていたようで、本当に復職するのか心配だったが、数日前、東京に出てきたと成瀬に連絡があった。今日の集まりのことを話して誘うと、「じゃあ行きます」という返事まで、思いがけずあっさり貰《もら》えた。

「お前のところに連絡してくりゃいいのにな」

成瀬は砂場をからかった。遠慮しいしいではあるが、砂場は月一、二回のペースで浅田とやりとりしており、旅行の情報なども砂場からみなに伝えられた。

「会社がらみのことはやっぱり、所長にまず報告しなきゃって思ったんですよ」

成瀬の肩書から「心得」が取れるとすぐ、やはりそれが一番というように「所長」で呼ぶようになった砂場である。

しかし今の発言は、浅田とのつながりの深さをついに認めたようでもあった。

浅田が復職したら告白するつもりでいるのは一〇〇パーセント間違いない、と成瀬は踏んでいた。浅田もまんざらでないのではないか。その暁には、同じ現場で働けるよう会社と交渉してやりたい。

「あ」

砂場が、三人のいたエントランス前から道路のほうへ、手を振りながら駆けだした。道路の反対側に、手を振り返す浅田の姿を成瀬は見つけた。信号が変わると、浅田は小走りに横断歩道を渡った。

成瀬と熊川はにやつきながら砂場を注視した。

「抱き合ったりすんのかな」

「そこまではどうですかね」

答えた熊川が「ん？」とつぶやいた。浅田の後ろから横断歩道を歩いてくる若い男を指さす。

初め、成瀬には誰だか分からなかった。しかし確かに見覚えがある。

「高塚じゃないですか」

仰天して改めて目を凝らした。熊川の言う通りだった。落ち着いたふうになって、まとっている空気感がまるで変わってしまったのだけれど間違いない。

「どういうことなんだ？」

成瀬と熊川は顔を見合わせた。しかし最も虚を突かれた表情をしていたのは、浅田と抱き合うどころか手を握ることもできないまま、高塚を含めた三人で成瀬たちのところに戻ってきた砂場だ。

「しばらくでした」

浅田がこぼれるような笑顔で言う。続けて隣に立った高塚が「その節はお世話になりました」と礼儀正しく頭を下げた。

「ああ」

砂場の返事のほうがぎこちない。

「元気でやってるのか」

成瀬が訊《たず》ねる。

「はい、お蔭《かげ》さまで新しい仕事も見つかりまして」

「あの、二人どこで会ったの？　すごい偶然だよね」

こらえきれなくなったように砂場が言った。

「偶然ってわけじゃないの」

答えたのは浅田だ。

「マンションから一緒に来たの。私たち一緒に住んでるんです。今日はそのご報告とも思って」

辞職を申し出た時、浅田が何より自分を許せなかったのは、加藤に「それじゃ駄目です」と言えなかったことだった。何度も口にしかかったのに、舌が強張《こわば》って言葉にならなかった。言ったら仕事を干されるのではないか。その怖さに勝てなかった。

「悔しくて、苦しくて、消えてしまいたい気持ちでした」

浅田はつぶやいた。

「その時、高塚君のことを思い出したんです。嫌だったらそう言えばいいのに、飛び降りたりするくらいだったら何だってできるはずなのにって考えてました。でも自分がその立場に置かれて、全然違うんだって分かった。自分が高塚君に何もしてあげられなかったこともすごく申し訳なくなったんです。謝らせてほしいって連絡をとりました」

仕事を離れて会ってみると、高塚は意志が弱いわけでもなく、筋道だった話ができ、元々は明るい性格なのだと分かった。現場監督という仕事に不向きだっただけなのだ。

「大きな建物はだめだけど、高塚君、家具なんかだったら素晴らしいデザインセンスを持ってるんです。椅子のスケッチ見せてもらって感心しました。私が前一緒に仕事した家具屋さんに紹介したら、とんとん拍子に就職が決まったんですよ」

「僕も、浅田さんと過ごしてるととても落ち着けて」

爽《さわ》やかな照れをにじませながら、それでも高塚ははっきり口にした。

せた。


「関係ないっていうか、そんなのもともと感じてないし」

一行は建物の中に入った。浅田と高塚のはしゃぎようが、ほかの三人を圧倒した。その一方で高塚は、九階に来た時は神妙な表情になって「あのころの僕、ひどかったですね。申し訳ありませんでした」と頭を下げ、立派な大人であることも証明してみせた。

「オリンピックが終わって予約しやすくなったころに二人で来たいわね」

「いいね。そうしよう。いやきっとそうします」

「ああ、チェリーホテルの人に伝えとくよ」

成瀬はそう言うしかなかった。

腕を組んだ浅田と高塚が、空いているほうの手を振った。

「人生は高層ビルを建てるようなもんだ」

小さくなってゆく二人の後ろ姿を見送る砂場の肩に手を置いて、成瀬は語りかけた。

「いろんなことがある。途中でもうだめかと思うこともある。でも最後は必ず、立派に完成するもんだからな」

魂を抜かれたような顔のまま、砂場がこくこくとうなずいた。

本書は書き下ろしです。

# 残《ざん》業《ぎょう》禁《きん》止《し》

荒《あら》木《き》 源《げん》

令和元年 9月25日　初版発行
令和7年 2月5日　6版発行

発行者●山下直久

発行●株式会社KADOKAWA
〒102-8177　東京都千代田区富士見2-13-3
電話　0570-002-301（ナビダイヤル）

角川文庫 21805

印刷所●株式会社KADOKAWA
製本所●株式会社KADOKAWA

表紙画●和田三造


ISBN 978-4-04-108313-0　C0193

# 角川文庫発刊に際して

角川源義

第二次世界大戦の敗北は、軍事力の敗北であった以上に、私たちの若い文化力の敗退であった。私たちの文化が戦争に対して如何に無力であり、単なるあだ花に過ぎなかったかを、私たちは身を以て体験し痛感した。西洋近代文化の摂取にとって、明治以後八十年の歳月は決して短かすぎたとは言えない。にもかかわらず、近代文化の伝統を確立し、自由な批判と柔軟な良識に富む文化層として自らを形成することに私たちは失敗して来た。そしてこれは、各層への文化の普及滲透を任務とする出版人の責任でもあった。

一九四五年以来、私たちは再び振出しに戻り、第一歩から踏み出すことを余儀なくされた。これは大きな不幸ではあるが、反面、これまでの混沌・未熟・歪曲の中にあった我が国の文化に秩序と確たる基礎を齎らすためには絶好の機会でもある。角川書店は、このような祖国の文化的危機にあたり、微力をも顧みず再建の礎石たるべき抱負と決意とをもって出発したが、ここに創立以来の念願を果すべく角川文庫を発刊する。これまで刊行されたあらゆる全集叢書文庫類の長所と短所とを検討し、古今東西の不朽の典籍を、良心的編集のもとに、廉価に、そして書架にふさわしい美本として、多くのひとびとに提供しようとする。しかし私たちは徒らに百科全書的な知識のジレッタントを作ることを目的とせず、あくまで祖国の文化に秩序と再建への道を示し、この文庫を角川書店の栄ある事業として、今後永久に継続発展せしめ、学芸と教養との殿堂として大成せんことを期したい。多くの読書子の愛情ある忠言と支持とによって、この希望と抱負とを完遂せしめられんことを願う。

一九四九年五月三日